Jérôme GUERIN

LE VOL
DES CIRCAETES

ISBN : 9798300390693

Publication Indépendante

J'aime observer le vol puissant et majestueux de cet oiseau des montagnes, témoin, du haut du ciel, de la folie des hommes.

1

– Les enfants ! Accélérez le mouvement, sinon on va se retrouver dans les bouchons. Chérie, tu en es où ?

Nous sommes le samedi 20 juillet, jour de départ de vacances, que nous attendions avec impatience. Plus de 45 minutes plus tard, nous voilà enfin tous les quatre dans la voiture, prêts à entamer une longue route, sous une pluie battante et un ciel bien bas.

Il est 5 heures du matin. Heure estimée d'arrivée, 14h30 sur mon GPS TomTom, vieux de 10 ans, vierge de toute mise à jour. D'un naturel méfiant et prudent, ne faisant confiance qu'à moi-même, je garde précieusement dans ma portière conducteur une carte Michelin détaillée des routes de France, au cas où. Elle nous a déjà sauvé la mise plusieurs fois.

Ambre et son frère Maël, installés à l'arrière de notre Ford Sierra, gardent précieusement contre eux leurs petits sacs à dos, renfermant sans doute l'indispensable à ce séjour de 2 semaines dans les Alpes du Sud. Jeanne, assise à mes côtés, semble repasser mentalement en revue l'ensemble des affaires que nous sommes censés avoir prises. Ce moment-là est ma principale angoisse à chaque départ, car si le moindre doute s'installe dans son esprit, il nous faut alors entreprendre un démontage organisé de chaque bagage.

Mais, par miracle, ce jour-là, rien ne manquait à l'appel.

Je glisse alors avec soulagement la clef dans le démarreur, réveillant ainsi le moteur engourdi par une longue nuit humide.

Jeanne et moi aimons profondément cette région. Les gens du Nord, ont, certes, la tête dans les nuages, mais le cœur sur la main. Tous deux sommes nés et avons grandi dans cette ambiance, enveloppés de cette chaleur humaine, trait caractéristique des habitants de ce pays.

Nous vivons dans le centre-ville de Lille, dans un immeuble bourgeois que nous avons eu la chance d'acheter grâce à une donation de mes parents. Mon père, Matthieu, est chirurgien thoracique et cardiovasculaire, à l'Hôpital privé La Louvière et ma Mère, Myrtille, sage-femme au CHU. Grâce à leur générosité, nous nous sommes installés dans ce bel appartement, situé au 4ème étage, ouvrant ses fenêtres de la façade principale sur le très beau parc de la citadelle. Le vieux parquet au sol, en chêne massif, participe à rendre ce lieu chaleureux. La cheminée, habillée de bois finement marqueté, rappelle l'ambiance d'une époque aujourd'hui révolue. Chaque enfant a sa chambre.

L'avenue du petit paradis se termine en cul-de-sac, ce qui permet aux enfants de se rendre au parc en toute sécurité à vélo et de rendre visite aux animaux hébergés dans le petit zoo. Les commerces situés à proximité nous facilitent grandement le quotidien.

5h15 : Nous allons enfin quitter pour une quinzaine de jours la grisaille du Nord. Descendre au Sud pour les vacances d'été est une garantie de soleil et de lumière. Jeanne et moi sommes contents de prendre un peu de repos, après plusieurs mois de travail intense.

Il y a 7 ans (déjà), nous avons ouvert à Lille, en plein centre-ville, une boutique « à vivre », comme nous aimons l'appeler. Nous proposons la possibilité d'y faire une pause, en venant déambuler entre nos rayons proposant des vêtements 100% Upcyclés, d'y déguster les collations de Jeanne, d'y choisir un bouquin à lire ou simplement de boire un café. Nous sommes très heureux de ce que nous avons créé car, non seulement cela nous permet d'en tirer des revenus corrects, mais aussi d'y faire de belles rencontres.

Nous avons réussi jusqu'à maintenant à mettre en place une organisation pour les enfants, afin qu'ils ne subissent pas trop notre investissement déraisonné dans notre travail. Ainsi, le lundi et le mercredi, Jeanne gère la logistique, le mardi est assumé par ma belle-mère, Jacqueline, totalement dévouée et heureuse de se trouver utile. Veuve depuis quatre ans maintenant, elle survit grâce à l'amour que nous lui portons. Son mari, Bertrand, était l'homme de sa vie comme elle se plaisait à le répéter. J'ai rarement vu un couple aussi uni, dans la simplicité et la sincérité. Ils étaient magnifiques à voir. Quant à moi, je m'occupe des enfants le jeudi et le vendredi.

Cette organisation nous a permis de trouver un équilibre, qui semble aussi adapté aux besoins d'Ambre et de Maël.

Nous vivons donc heureux, comme beaucoup de gens, ni plus, ni moins.

6h30 : Nous voilà roulant depuis plus d'une heure sur l'autoroute A26. Après quelques discussions et plusieurs hésitations, nous décidons d'emprunter l'itinéraire le plus rapide conseillé par Mappy, mais de loin le plus cher. 151,80 € rien que de péage ! Nous passerons donc par Arras, Laon, Reims, Châlons-en-Champagne, Troyes, Dijon, Lyon, Chambéry et enfin Briançon.

J'ai toujours aimé ces grands départs, cette sensation de larguer les amarres, de laisser derrière moi un quotidien, une routine, des habitudes. L'occasion pour notre cellule familiale de se retrouver, d'ouvrir une parenthèse, de se fabriquer des souvenirs n'appartenant qu'à nous, qui nous porteront longtemps. Plus d'horaires, plus de contraintes, juste une somme de lendemains réservant son lot de découvertes et de surprises.

Nous partons l'esprit d'autant plus tranquille, que nous avons confié les rênes de la boutique à Chantal, qui travaille avec nous depuis plus de 4 ans et en qui nous avons une totale confiance.

Les enfants ont grandi. Ambre, l'aînée, vient d'avoir 12 ans. La plus remuante des deux, elle est curieuse de tout. Un peu à la traine à l'école, incapable de rester en place, elle s'est prise de passion pour la danse Hip-Hop depuis 2 ans, en surfant sur YouTube. Nous l'avons inscrite à des cours, animés par Yannick, prof de Break danse à Lille, totalement dévoué à son art et ayant une vraie capacité à entraîner ses élèves dans son univers. Cela permet à Ambre de mieux canaliser son énergie, d'être plus apaisée.

Maël, qui aura 10 ans le 22 mai prochain, est beaucoup plus calme. Au début, cela nous inquiétait un peu, Jeanne et moi. Il était capable de rester seul dans sa chambre pendant des heures, s'inventant un monde que lui seul comprenait. Depuis un an, il suit des séances avec une psychologue pour enfant, Nadine, qui nous a été indiquée par des amis. A priori, rien d'alarmant, mais elle a décelé en lui la nécessité d'évoluer dans un cadre structuré, où il a ses repères, mais insistant sur le fait de l'aider à en sortir progressivement et de façon anticipée afin qu'il puisse s'ouvrir sur l'extérieur et donc aux autres. C'est ainsi que Nadine nous a conseillé de partir en vacances, tous les quatre, la famille étant le point d'ancrage essentiel à Maël, dans un lieu où le quotidien est différent dans ses gestes, ses pratiques, ses occupations.

Après de nombreuses recherches sur les différentes plateformes de location saisonnières, nous avons été séduits, à l'unanimité, par cette annonce :

– *Particulier loue Chalet d'Alpage, à 1550 m d'altitude, à 30 mn de Briançon, accessible en voiture par chemin de terre carrossable (5 kms), dans petit hameau, sans électricité mais avec eau (froide et chaude), poêle à bois, 4 chambres, une salle d'eau, 1 wc indépendant, une cuisine équipée, idéal pour famille / amis recherchant une rupture avec le quotidien, situé en pleine montagne, calme absolu, départ de balades, proximité d'un torrent…*

Maël a même exprimé l'envie d'y faire une cabane, projet auquel je me suis immédiatement associé.

9h30 : Après un peu plus de quatre heures de route, nous nous arrêtons à l'aire de repos La Tille, au niveau de Dijon, histoire de nous dégourdir les jambes, aller aux toilettes et prendre un café. Il ne pleut plus. La voiture à peine arrêtée, les enfants bondissent dehors. Les nuages semblent décidés à laisser un peu de place au ciel bleu, laissant au sol des flaques d'eau, marquant l'intensité de leur activité précédente. Je ressens alors une onde de bien-être, imaginant ce que sera notre séjour sous un ciel bleu azur, exposant chaque soir son ballet de lumière, faisant des montagnes et de chaque instant une œuvre d'art éphémère.

Sortant de ma rêverie, je me dirige vers la station, ayant perdu de vue les enfants et Jeanne. Après un tour d'horizon, j'aperçois Jeanne et Ambre à la boutique, en train de choisir je ne sais quelle friandise. Pas de Maël…Je me dirige vers les toilettes, pensant l'y trouver. Toujours pas de Maël…

–Maël, Maël !

Pas de réponse. Un bruit de chasse d'eau, je me précipite devant la porte, et tombe sur un homme qui en sort. Je me confonds en excuses, bafouillant que je cherche mon fils. Je sors précipitamment des toilettes pour rejoindre Jeanne et Ambre, toujours dans la boutique de la station.

– Chérie, tu as vu Maël ? Il n'est pas aux toilettes…

– Ah non, je pensais qu'il était avec toi, me répond-elle, laissant apparaître sur son visage un début d'inquiétude.

Je sors précipitamment du bâtiment. Une voiture démarre au même moment, en trombe, tous pneus hurlants. Surpris, je me mets à trembler, transpirer, imaginant le pire. Pitié, non, pas ça. Je crie :

– Maël ! Maël ! En courant derrière le bolide, à en perdre haleine.

Les gens se rassemblent, assistent interloqués et impuissants à la scène. Jeanne et Ambre sont sorties, hurlant à leur tour. J'ai l'impression que notre monde s'effondre, que plus rien ne sera comme avant. Mon cerveau tourne à 100 à l'heure, pollué de pensées plus toxiques les unes que les autres. Je me surprends à invoquer je ne sais quel Dieu, moi qui suis totalement athée.

– Pitié mon Dieu, pas ça ! Je vous en supplie, je vous en supplie…

Je me rue à l'intérieur de la station, complétement affolé et interpelle un agent de sécurité. Je hurle :

–On a enlevé mon fils, s'il vous plait, prévenez la gendarmerie, tout de suite, monsieur, s'il vous plait.

Le professionnel de la sécurité garde son sang-froid.

–Qu'avez-vous vu, Monsieur, qu'est-ce qui vous fait dire que votre fils a été enlevé ?

Ces mots déclenchent en moi une véritable hystérie.

–Appelez la police, je vous dis. Tout de suite. J'ai vu partir une voiture à toute vitesse alors que je cherchais Maël.

Je me mets à le frapper sur la poitrine en guise de supplication.

Un groupe de personnes nous entoure et assiste à la scène.

Tout à coup, quelqu'un tire violemment sur l'arrière de mon T-Shirt. Je me retourne brutalement. Maël est là, devant moi, les yeux remplis de larmes, affolé de me voir dans cet état, ne comprenant pas ce qui se passe. Je m'effondre à ses genoux, l'enlace dans mes bras, manquant de l'étouffer et à mon tour, me mets à pleurer, envahi par l'émotion. Après avoir repris mes esprits, je ne peux m'empêcher de lui crier dessus, lui demandant où il était, déversant sur lui tout le stress accumulé par la situation.

– J'étais à côté de la voiture, papa, je vous attendais maman et toi, m'explique-t-il d'une voix si douce, que je le reprends instantanément dans mes bras pour effacer ma colère.

Après m'être platement excusé auprès du vigile, nous quittons la station-service.

10h00 : Cette émotion passée, nous reprenons la route. Malgré ses 210 000 kms, notre Ford Sierra tourne comme une horloge. Il faut dire que j'en prends soin en respectant notamment le rythme annuel des révisions. J'ai toujours considéré que la voiture n'était qu'un outil au service de notre quotidien et qu'il n'était pas nécessaire d'y mettre trop d'argent. Nous avions acheté cette voiture il y a 5 ans, à un garage en qui nous avons confiance et n'avons jamais été déçus depuis. La seule dépense que nous nous étions autorisés était l'installation d'un bon poste radio/cassette car Jeanne et moi sommes fan de musique. C'est alors que j'envoie, sans prévenir « Highway to Hell » de AC/DC . Alors que je me prends pour Brian Johnson, les enfants se mettent à taper des mains et Jeanne s'improvise guitariste. L'épisode de la station se dissipe peu à peu au profit d'une humeur joyeuse émanant de notre salle de concert mobile.

Deux heures trente plus tard, nous laissons Lyon à l'Ouest, le thermomètre affichant 28°. Pour nous, les gens du Nord, Lyon est le point de bascule entre le Nord et le Sud.

12h20 : Je propose de quitter l'autoroute à Bourgoin-Jallieu afin de trouver un endroit pour déjeuner. Jeanne a l'art du pique-nique. Elle ne supporte pas les sandwiches industriels ou les salades toutes faites. À chaque période de vacances, elle nous concocte des petits plats froids, souvent à base de viande coupée en morceaux, d'œufs durs, de légumes frais, associés généralement à du riz ou des pépinettes. Un assaisonnement fait maison, un bout de fromage, un peu de pain et une salade de fruits frais. Elle a cette capacité à transformer le pique-nique en véritable moment de plaisir gustatif.

Je prends la direction du centre-ville, jusqu'à trouver le parc de Beauregard, dont j'ai repéré une affiche publicitaire à la station-service et qui devient alors notre lieu de restauration. Ce jardin est parfait pour une pause déjeuner : de grands espaces entretenus avec soin nous accueillent, nous invitant à nous y prélasser, des tables et des bancs en bois blanc facilitent l'accueil des familles, de jolis points d'eau apportent de la fraicheur. De magnifiques arbres y ont élu domicile depuis bien longtemps, offrant une ombre bienvenue. Prunus, cèdres du Liban, érables du Japon reconnaissables à leur écorce orange, divers fruitiers.

2

Depuis 8 heures ce matin, Pierre et Maryline s'affairent dans le chalet. Ils mettent un point d'honneur à accueillir leurs locataires dans les meilleures conditions. Vivant ensemble depuis plus de 30 ans, ils s'aiment toujours comme au premier jour.

C'est lors d'un voyage pour son travail, que Pierre, alors âgé de 33 ans rencontre Maryline. À l'époque, Pierre travaillait pour Bouygues Construction et avait en charge la supervision de plusieurs chantiers, en Espagne et en Italie. À Barcelone, il avait ses habitudes à l'Hôtel Boqueria. Situé au cœur du quartier Gothique de la ville, Pierre aimait l'accueil à la fois simple et distingué que la gérante lui réservait à chacun de ses séjours. Il se sentait bien dans cet environnement moderne et chaleureux. Sa chambre de 30 mètres carrés arborait, au-dessus du lit, une grande fresque rappelant un aquarium géant dans lequel évoluait une multitude de poissons exotiques, avec pour décor un magnifique fond marin coloré. Le simple fait de regarder ce tableau permettait à Pierre de refermer la porte sur une journée souvent trop remplie pour basculer dans un moment d'apaisement et de sérénité.

Ce soir-là, le 7 mai 1990, date gravée à jamais dans sa mémoire, Pierre décide, exceptionnellement, de se rendre au bar de l'Hôtel pour y boire un verre. Il se sent un peu seul, mélancolique, et ne veut pas fuir cet état en s'abrutissant devant la télévision. Il s'accoude au bar et commande un Rainbow Paradise. Il aime ce mélange de grenadine, jus d'ananas, noix de coco et de curaçao servi avec des glaçons et un peu d'eau. La radio de l'hôtel diffuse « the sound of silence » de Simon & Garfunkel, l'une de ses chansons préférées. Il se sent bien et réserve une table pour dîner.

En quittant le bar pour se rendre à sa table, Pierre tourne la tête, attiré par la silhouette d'une femme, assise seule dans le petit salon contigu au bar et lisant un journal français. La femme, se sentant observée, lève les yeux en direction de Pierre et lui envoie un regard dont il ne peut se détacher. Le temps s'arrête. Pierre se sent hypnotisé, incapable d'aucun mouvement, comme paralysé, ressentant partout dans son corps des sensations jusqu'alors inconnues. Quelques secondes après, au prix d'un effort surhumain, il réussit à se retourner pour se diriger vers sa table. Il s'y installe, encore bouleversé par ce qui vient de se passer. Est-ce cela ce que l'on appelle « le coup de foudre » ?

Après avoir pris connaissance du menu, Pierre passe sa commande au serveur. Les mains moites, il n'ose lever la tête en direction de la belle inconnue, craignant qu'elle n'ait disparu. Au moment de se servir un verre de Rioja Alta rouge, vin qu'il apprécie particulièrement, il sent une présence s'approcher. C'est elle, il en est certain. Son cœur se met à battre à tout rompre, il ne sent plus ses jambes, sa main droite tenant le verre de vin est prise de légers tremblements. Il n'ose lever la tête jusqu'au moment où elle s'adresse à lui :

– Puis-je m'assoir à votre table ? lui demande-t-elle.

Pierre réussit enfin à lever les yeux vers elle et lui lance un « Je vous en prie, avec plaisir » d'une voix peu assurée.

C'est ainsi que depuis 30 ans, Pierre et Maryline ne se sont jamais quittés.

C'est la première fois qu'ils mettent en location le Chalet. Ils ont deux motivations à le faire. La première est d'aider à l'entretien du bâtiment, la deuxième la volonté de rencontrer des gens et de leur faire partager l'amour qu'ils ont pour ce lieu.

Cependant, ils ne veulent prendre aucun risque. Pour accepter de nous louer leur bien, ils ont organisé deux appels en visio qui, manifestement, les ont convaincus.

En attendant notre arrivée, Maryline et Pierre s'occupent de faire de l'intérieur un lieu propre et chaleureux et s'activent également à l'extérieur, rassemblant le bois pour le poêle, nettoyant le coin barbecue et ratissant les alentours.

Le chalet fait partie d'un petit hameau de six anciens chalets d'Alpage où les éleveurs du pays passaient à l'époque une partie de l'année, de juin à octobre, avec leur bétail, bovins et ovins principalement. La vie était rythmée par le tintement des sonnailles des animaux suivant la pousse de l'herbe. C'était lors de cette période cruciale que le bétail pâturait une herbe de qualité, permettant ainsi de produire du lait et des fromages d'exception.

Une petite chapelle trône fièrement sur un éperon rocheux, à côté duquel se tient une fontaine. L'eau arrive naturellement et directement d'une source.

L'intérieur en bois et pierres apparentes donne à cette maison une authenticité évidente, on y entend les histoires d'avant, on y sent les odeurs de mélèze et de cire mélangées. Les rayons du soleil transpercent les petits carreaux, éclairant ainsi la pièce principale. Une grande cheminée s'ouvre en angle, invitant chacun à trouver sa place pour profiter du feu. Une banquette rustique, sans doute faite maison, fait face au foyer. La cuisine, de petite taille mais fonctionnelle, donne sur la pièce à vivre. Une immense table en bois massif longe le mur en pierre, permettant d'accueillir au moins douze personnes. Un magnifique poêle Autrichien garantit des soirées au chaud, à la lumière des bougies. Comment ne pas aimer un tel lieu ? Comment ne pas s'y sentir bien ? Le temps s'y est arrêté il y a de nombreuses années, offrant la possibilité de faire une rupture totale avec des quotidiens trop agités.

Du balcon, côté Ouest, on domine la vallée de la Durance, que l'on entend couler au loin. La vue est juste époustouflante. Les tenailles de Montbrison qui se dressent en face rappellent un peu les tours rocheuses des Dolomites. Véritable paradis d'escalade, elles proposent des voies aux noms évocateurs, tels que « Vol et volupté » ou « Infinie patience ». Le soleil en fait son refuge chaque soir, avant de renaître chaque lendemain à son opposé.

Sur la gauche, on aperçoit le Pelvoux, qui constitue un massif à lui seul et dont l'un des quatre sommets, la Pointe Puiseux, culminant à 3943 mètres, fût longtemps considérée comme le sommet le plus élevé de la région car sa stature imposante masque la Barre des Écrins qui détient aujourd'hui le record d'altitude, avec ses 4101 mètres.

3

13h40 : Nous reprenons la route direction Chambéry que nous atteignons 50 minutes plus tard. L'itinéraire choisi nous fait faire une boucle passant par l'Italie, Modane, Bardonecchia, Oulx, Cesana Torinese puis retour en France via Montgenèvre et enfin Briançon.

16h20 : Chérie, peux-tu reprendre les indications données par le propriétaire ? On n'est plus très loin.

Nous longeons la Durance où l'on peut voir des kayaks et autres rafts violemment secoués par le fort débit d'eau.

– Papa, on pourra en faire, nous aussi ? demande Maël.

On quitte la nationale et nous traversons un petit hameau, pour se retrouver ensuite à l'entrée d'un chemin de terre, indiquant Roche Martin, haut lieu d'escalade de la région.

– C'est par là ! Précise Jeanne. Plus que 5 kms et nous y sommes les enfants.

Nous sommes bringuebalés dans tous les sens. Impossible de dépasser les 15 km/h, sauf à exploser le carter. Une fois la première partie franchie, nous nous retrouvons sur un plateau menant au rocher si prisé des grimpeurs.

– Et là, chérie, je vais où ?

– A gauche toute, puis toujours tout droit.

Plus que 2 kms, 1 kms, 500 mètres et enfin, à notre gauche se détache le hameau de la Redonne, avec ses chalets d'alpage. Planté au bord d'un chemin, il fait face à la vallée, alignant fièrement ses granges d'avant, toutes aussi bien rénovées les unes que les autres. Rien qu'à cette vue, je savais que nous ne serions pas déçus. Deux semaines au paradis…

Je m'engage doucement sur le chemin, laissant à ma droite les maisons, et me dirige vers l'avant dernière. Deux personnes nous y attendent, sourire aux lèvres.

Je coupe enfin le moteur. Il est 17h00.

– Soyez les bienvenus, dit Pierre. Avez-vous fait bonne route ? Nous ferons tout pour rendre votre séjour le plus agréable possible.

Jeanne me lance un regard apaisé et pleinement rassuré, même si nous n'avions pas beaucoup de doutes. L'endroit est juste magnifique. Les enfants ont quitté la voiture et courent déjà dans tous les sens.

Pierre et Maryline, après nous avoir aidé à décharger les bagages, entreprennent de nous faire visiter les lieux. Comme dans l'annonce, tout y est : Murs en pierres, poêle, sol en mélèze des Alpes au parfum de résine, bougeoirs garnis prêts à s'illuminer, feu crépitant dans la cheminée.

Une fois le tour de l'intérieur fait, nous voilà sur la terrasse en bois côté Ouest, face aux tenailles de Montbrison, berceau du soleil couchant. La vue est en effet à couper le souffle.

Je vais d'un bout à l'autre du balcon puis fais demi-tour. Mon regard se porte en contrebas. J'aperçois un homme, assis au bout d'une table, devant son chalet, un couteau dans la main droite, la gauche tenant un lièvre, prêt à le dépecer. Il nous observe fixement, l'air renfrogné. Pierre perçoit immédiatement ma gêne et tente de me rassurer :

– Ne faites pas attention, c'est René. Il n'est pas méchant. Vous savez, les gens du pays sont méfiants et pas toujours très engageants. Ils aiment faire savoir qu'ils sont chez eux, mais ça s'arrête là.

Une fois l'ensemble des consignes passées, Pierre et Maryline nous quittent. Il est 19 h15, nous éclairons les premières bougies. Leur halo de lumière inonde la pièce d'une ambiance chaleureuse et apaisante. Devant la cheminée, nous ouvrons un Côte du Rhône de chez Chapoutier en guise d'apéritif et proposons aux enfants des jus de fruits. Jeanne et les enfants font face au foyer, sur le canapé – home made. Je suis sur le côté, confortablement installé dans un fauteuil. La nuit finit par tomber, laissant la place à un magnifique ciel parsemé de milliers d'étoiles.

Soudain, je crois percevoir une silhouette, furtive, passer devant la porte fenêtre. Quelqu'un nous épiait ? Ne voulant pas inquiéter Jeanne et les enfants, je me dirige vers la porte, ma lampe allumée sur mon front, d'un pas peu assuré. Personne. J'ouvre la porte…J'ai dû surement rêver me dis-je intérieurement, histoire de me rassurer. La fatigue de la route aidant, ça n'est pas impossible.

Jeanne s'affaire en cuisine, secondée par Maël, qui adore aider sa mère à préparer les repas en général.

– Ce soir, c'est Croziflette, annonce-t-il fièrement, tout en s'appliquant à couper le reblochon fermier en deux.

– Après le repas, on se fait un barbu ? Propose Ambre.

– Oh oui, réagit Maël. Allez, papa, maman, c'est les vacances…

Malgré l'heure tardive, Jeanne est moi sommes d'accord, à leur plus grande joie. Voir Maël si enthousiaste n'est pas arrivé depuis pas mal de temps et pour nous c'est tout ce qui compte. Merci Nadine pour votre conseil avisé.

23h30 : Tout le monde au lit ! s'écrie Jeanne.

Après un passage collectif à la salle de bain, nous montons dans nos chambres, Ambre et Maël ayant choisi celle côté vallée.

4

Pierre et Maryline vivent dans la vallée, à Villard Saint Pancrace, dans une jolie maison de village, située derrière l'église. Ils y ont reconstruit leur vie, fortement marquée par un épisode douloureux.

Pierre est issu d'une famille bordelaise, ayant fait fortune dans l'extraction d'or à travers le monde. À l'origine, son Grand-Père, Raymond Delpré, a l'opportunité de reprendre l'activité d'une mine d'or en Afrique du Sud : La mine de Tau Tona, située au Nord du pays, 70 kilomètres à l'ouest de Johannesburg.

Cette mine, dont le premier puits a été foré en 1957, à plus de 2 kms de profondeur, a vu son exploitation démarrer vers 1962. C'est à cette époque que Raymond Delpré, véritable homme d'affaire opportuniste, se lance à la conquête du métal précieux, profitant de la situation financière difficile de la Anglo American Corporation, qui, une fois le premier puits creusé, n'a plus les ressources nécessaires pour démarrer l'exploitation de la mine.

C'est ainsi que, durant plus de 25 années, Raymond Delpré s'emploie à faire de ce lieu l'une des mines d'or les plus florissantes d'Afrique du Sud.

En 1987, lors de son départ à la retraite, il passe le flambeau à son fils, Raphaël.

Grâce au forage d'un nouveau puits, la production et l'extraction de l'or s'envolent, ce qui permet de conforter la position de la mine dans un contexte de concurrence mondiale effrénée.

C'est aux 37 ans de Pierre, que Raphaël, son oncle, le sachant impliqué et performant dans la gestion des grands projets, lui propose de reprendre la direction opérationnelle du site, à des conditions qu'il lui est difficile de refuser. À ce poste s'ajoute celui de chef comptable pour Maryline.

Le 1er août 1994, Pierre et Maryline s'envolent pour Johannesburg, laissant derrière eux quelques amis et une vie rythmée d'habitudes et de confort. Ils sont très excités à l'idée de découvrir un nouveau pays, une nouvelle culture, dans un contexte privilégié, accueillis et formés par Raphaël. L'avenir semble radieux.

Et c'est le cas. Pendant 24 ans, Pierre et Maryline travaillent sans relâche et font de cette exploitation minière une véritable machine à cash. Pendant que Raphaël s'occupe à multiplier les contacts dans le monde entier, afin d'écouler la production aurifère, Pierre, lui, gère le site minier avec une main de fer. Sa capacité à résister aux fortes pressions, son sens de l'organisation, permettent à la mine de répondre aux besoins des clients les plus importants, toujours dans les délais.

Ces années sont sans doute les plus belles de leur vie. Ils vivent dans une somptueuse villa en bois, à Johannesburg, au cœur du quartier de Melrose Arch, apprécié des occidentaux. Ils y ont créé tout un réseau d'amis. Pour rien au monde ils ne souhaitent changer de vie. A la mine, ils sont considérés comme de bons employeurs, durs mais respectueux et attentifs aux conditions de travail des ouvriers. Même si celles-ci restent plus que sommaires.

C'est en mars 2018 que tout bascule. Ce mois est l'un des plus pluvieux que connait l'Afrique du Sud. Des orages répétés transforment le site minier en véritable champ de boue traversé par des rivières soudaines, d'une violence inouïe.

Plusieurs fois dans le mois, l'alerte est déclenchée pour ordonner aux « creuseurs » de remonter en surface. Chaque alerte oblige l'arrêt de la production et engendre des décalages dans les livraisons. C'est pourquoi, chaque veille au soir et chaque matin, un point météo précis est fait et permet de décider l'arrêt ou non de la production.

Ce protocole de sécurité est respecté à la lettre, chaque jour.

Le 15 mars 2018, le temps est lourd. Il fait 29° et le taux d'humidité est de 90%. Nous avons pris beaucoup de retard dans la production.

Raphaël s'inquiète de la situation. La pression est palpable. On ne peut pas cumuler encore plus de retard. Pierre scrute le ciel avec angoisse, pris entre le marteau et l'enclume. Le site météo annonce des précipitations, mais moins fortes que les jours précédents.

Pierre consulte ses proches collaborateurs, qui sont plutôt frileux à l'idée d'autoriser la production.

Il doit donc décider, seul, face à lui-même.

La sirène de prise de poste retentit. Les 3600 ouvriers se rendent à leur poste, malgré la contestation de certains. Pierre ne leur laisse pas le choix.

Il est 6h28, le ciel craque, soudainement, dans un fracas assourdissant et libère de ses entrailles des milliers de mètres cubes d'eau.

À peine l'alerte déclenchée, l'eau s'engouffre déjà brutalement dans l'une des veines de la mine, la transformant en véritable piège, emprisonnant plus de 50 personnes, que les secours ne parviennent pas à sauver.

Nous sommes le 15 mars 2018. Des dizaines de familles endeuillées, à la suite de la décision d'un homme.

La nouvelle de cette tragédie se répand comme un trait de poudre dans tout le pays. Une enquête est déclenchée et pointe du doigt très rapidement une décision inconsciente et meurtrière de la part de la direction du site.

Une association de défense des victimes se forme rapidement et mobilise l'opinion publique contre la suprématie des blancs qui n'hésitent pas à sacrifier des vies contre des dollars.

Raphaël sort indemne de la situation, reportant habilement la responsabilité sur son neveu, directeur opérationnel du site.

Pierre se retrouve mis au banc des accusés, avec pour seul soutien, Marilyne.

6 mois plus tard, le procès terminé, Pierre est condamné à payer une amende de 2 millions de dollars en

guise de dédommagement aux familles, et sommé de quitter le territoire dans un délai de 3 mois.

5

Les yeux encore lourds de sommeil, je me lève et ouvre le volet de la chambre donnant sur le balcon. Les pics de Roche Motte et de Peyre Eyraute se dressent fièrement devant moi, marquant du trait de leur crête la frontière avec un ciel bleu azur, annonciateur d'une belle journée.

Je descends à la cuisine préparer le petit déjeuner.

L'arôme du café à l'italienne et la bonne odeur de tartines grillées envahit la chambre de Jeanne. Elle sort de la couette, accueillie par les rayons du soleil sur son corps. Elle se sent bien, reposée de cette longue journée de la veille. Quel bonheur de se réveiller dans un tel lieu.

Nous décidons de passer la journée au chalet, histoire de se familiariser avec l'endroit. Le champ situé côté montagne permet aux enfants de jouer et de s'inventer des mondes faits de quelques bouts de bois et cailloux, ramassés à même le sol.

Des instants natures et simples, déconnectés de toutes nos habitudes.

Jeanne et moi profitons de ce moment, confortablement installés sur des transats, face au soleil, elle, feuilletant les pages d'un magazine et moi en train de lire le livret d'accueil réalisé par Pierre et Maryline. On y trouve notamment des idées de randonnées aux alentours.

Cette première journée s'écoule ainsi paisiblement, Ambre et Maël s'étant lancés dans la construction d'une cabane entre 3 arbres.

– Les enfants, ça vous dit d'aller au torrent ? C'est à un quart d'heure de marche.

Ils déboulent comme des fous, haletant et transpirants :

– Oh oui ! s'exclament-ils en cœur.

Nous voilà partis, tous les quatre sur le chemin menant au torrent. Au bout de cinq minutes de marche, nous traversons le petit hameau du bois fleuri, dont chacun des six chalets a été soigneusement rénové, dans le style et l'esprit du pays.

Les toitures d'origine en tôle ondulée ont été recouvertes de bardeaux, les murs en pierres du torrent reconstruits à l'identique. On peut aisément imaginer la vie d'avant, animée par les gens venant de la vallée, se réveillant aux premières lueurs pour surveiller les troupeaux paissant en liberté, durant tout l'été. Des hommes et des femmes, aux visages marqués par trop de soleil, aux mains usées par trop de travail, mais qui pour rien au monde ne changeraient leur vie. Pour la plupart, ils étaient nés ici et jamais n'en sont partis.

Arrivés au torrent, nous ôtons nos chaussures et commençons à construire un barrage, luttant contre la puissance de l'eau. Elle doit être à 5° maximum. Impossible d'y rester plus de 3 minutes d'affilée.

Une fois la retenue terminée, un joli petit bassin se forme.

– Qui est capable de se tremper dedans maintenant ? hurle Maël afin de couvrir le vacarme de l'eau.

– Toi d'abord, répond du tac au tac sa sœur.

Ni une ni deux, Maël se déshabille, rentre dans le bassin et s'immerge d'un coup, sans réfléchir. Trois secondes plus tard, il se relève, trempé de la tête aux pieds et visiblement heureux de son exploit. Personne n'a le courage de lui succéder.

Jeanne et moi contemplons la scène, ivres de bonheur.

De retour au chalet, Maël m'aide à démarrer un feu.

Après le repas, nous nous lançons dans un Code Name, notre jeu familial préféré. Ce soir, ce sont les garçons contre les filles.

Nous nous couchons vers 23 heures. Je me repasse le film de cette belle première journée avant de tomber dans un sommeil serein et profond.

Dehors, le silence règne. Seule une légère bise vient perturber ce calme absolu. Un ciel bleu profond, parsemé de milliers d'étoiles, semble veiller sur nous. Nous sommes au milieu de la montagne, seuls, et nous nous sentons invulnérables.

6

2h37 : L'alerte est donnée à la caserne des pompiers de Briançon. Un gigantesque embrasement a été repéré, au-dessus de Saint Martin sur Durance, par l'équipe de garde. Début de feu de forêt ? Incendie d'une maison ? Impossible à dire.

2h54 : Une première patrouille part en repérage avec pour objectif de déterminer le type de feu afin d'adapter au mieux les moyens pour lutter contre.

3h05 : C'est un chalet d'alpage, au hameau de la Redonne, indique à la radio l'un des éclaireurs.

Pendant ce temps, accroupi derrière un rocher, l'homme observe, impassible, son œuvre. Les fenêtres commencent à exploser sous la pression du feu. Les flammes remontent le long des murs, formant tout autour du chalet, un bouclier de chaleur infranchissable. Les bois s'effondrent, tour à tour, dans un fracas épouvantable. La structure même du bâtiment commence à être atteinte.

Soudain, un corps en feu apparaît sur le balcon côté vallée, se débattant tel un pantin désarticulé, hurlant de douleur. La forme se jette dans le vide, seule issue de secours potentielle pour échapper à l'enfer. Au même moment, d'autres cris à donner des frissons résonnent de l'intérieur du chalet, un instant, puis…plus rien.

Seul le souffle des flammes déchire le silence de la nuit.

L'homme n'en croit pas ses yeux, en état de sidération. Personne ne devait être là.

3h26 : Les sirènes des pompiers se rapprochent. Les gyrophares des camions éclairent la montagne par alternance.

Pris de panique, l'homme s'enfonce dans la forêt, se faufilant à toute jambes entre les arbres, le souffle court, le cœur prêt à exploser, incapable de contrôler les premières larmes qui commencent à lui couler sur les joues. Comment est-ce possible, se répète-t-il sans cesse ?

On lui avait dit qu'il n'y aurait personne. Il suffisait juste de mettre le feu à l'habitation. Il n'a fait qu'appliquer un contrat qu'un inconnu lui a confié, deux semaines auparavant, contre une somme de trois mille euros.

Martin Lagier, né en 1980, vit dans une vieille bicoque, située à Puy Saint Pierre, village perché au-dessus de Briançon. Fils unique, il en a hérité lors du décès de ses parents, brutalement disparus dans un tragique accident de voiture.

Il vivait avec eux. Mentalement très fragile, il est incapable de s'assumer.

Martin est arrivé dans ce monde dans des conditions difficiles. Il est né affublé d'une atrophie du bras gauche, le limitant dans bon nombre de situations et a toujours mal vécu ce handicap. Il s'est toujours senti en marge de la société, conscient de sa différence. Il a grandi sans amis et s'est rapidement renfermé sur lui-même.

Il a ainsi développé une véritable paranoïa, persuadé que chaque regard porté sur lui est un regard moqueur. Il a appris à n'aimer personne, certain que c'était la bonne façon de se protéger des autres.

Ses parents, démunis devant son comportement, ont fait appel aux services sociaux, afin de trouver des aides adaptées.

C'est ainsi que depuis, Martin est suivi par une psychologue au Centre Médico Psychologique de Briançon.

Aujourd'hui, il vit tant bien que mal, dans la douleur de l'absence de ses parents et à la merci de n'importe quelle personne malveillante à son égard.

Au bout de quelques minutes d'une fuite effrénée, Martin Lagier s'arrête, prend appui sur un mélèze et se met à vomir. Tremblant de tout son corps, il se retient de hurler, incapable d'évaluer la situation. Pris de vertiges, il s'écroule au sol. Où est-il ? Que fait-il là ?

Tout tourne autour de lui. Il entend résonner dans sa tête des hurlements, des cris d'enfants, des pleurs déchirants. Il sent l'odeur de sa propre chair brûlée.

Il entend son père et sa mère lui parler, d'une voix douce et calme, leur corps broyé sous la carcasse de leur voiture en feu. Une infirmière lui prend la main et marche avec lui jusqu'à l'amener au bord d'une falaise et le pousse.

Les yeux révulsés, il s'abandonne dans ce cauchemar, incertain de se réveiller.

Dans le même temps, les véhicules se rangent tout autour du brasier et déploient échelles et lances. Deux pompiers enfilent une combinaison ignifugée et tentent d'accéder à l'intérieur du bâtiment, par le bas.

Difficile d'avancer dans un tel fatras. Les flammes dévorent tout sur leur passage. Les bois craquent et gémissent. Chargés de résines, ils laissent exploser des milliers d'étincelles, formant un feu d'artifice incontrôlable et mortel. L'un des sauveteurs parvient à l'étage et découvre, horrifié, deux corps carbonisés. Un enfant, un adulte. Ils sont au sol, l'un sur l'autre, l'adulte donnant l'impression de vouloir protéger l'enfant, en vain.

Cette vision est insoutenable. Sidéré, le pompier ne peut s'empêcher d'imaginer la scène.

Il reprend ses esprits et parvient à se diriger vers la salle de bain, manquant de se faire ensevelir par l'escalier permettant l'accès au deuxième niveau. Il découvre alors un troisième corps, recroquevillé en position fœtale, dans la baignoire, le reste de la pomme de douche dans une main. Un enfant.

Il fait demi-tour, réussit tant bien que mal à se frayer un chemin pour sortir du bâtiment, fuir ce cauchemar. Arrivé dehors, il vomit ses tripes et se met à hurler d'horreur. Vingt ans de carrière, il n'avait jamais été confronté à de telles scènes.

Une fois l'incendie circonscrit, les corps sont récupérés et étendus sur le champ. Deux adultes et deux enfants.

En à peine une heure et demie, le chalet laisse la place à un tas de ruines fumantes.

La gendarmerie, représentée par le Capitaine Joss Giordano est arrivée. Il demande immédiatement à ses équipes de sécuriser le périmètre afin de protéger tout indice susceptible d'aider à déterminer l'origine de l'incendie.

En parallèle, deux de ses hommes ont pour mission de fouiller minutieusement les alentours. Environ une heure plus tard, l'un des hommes revient en courant, un bidon à la main, bouchon ouvert, les empreintes préservées par un chiffon entourant la poignée. De l'essence. La thèse criminelle se rapproche. Une traînée d'herbe brûlée d'environ 20 mètres menant au chalet la confirme.

– Pour ceux qui nous rejoignent, bienvenue sur France Inter. Nous sommes le lundi 22 juillet. Il est 8h00. Le journal de Fabienne Sintes.

« Nous apprenons avec horreur la mort d'une famille de quatre personnes dont deux enfants, surpris dans leur sommeil par un incendie, dans un chalet de location, situé près de Briançon. Malgré une nuit de lutte acharnée des pompiers, les victimes n'ont pu être sauvées. D'après les premières investigations de la gendarmerie, cet incendie pourrait-être d'origine criminelle. En effet, un bidon d'essence a été retrouvé en amont du chalet ainsi qu'une trainée de 20 mètres d'herbe brûlée menant au chalet. L'identité des victimes a pu être révélée, grâce à la collaboration des propriétaires. Il s'agit d'une famille avec deux enfants, âgés respectivement de 12 ans et 9 ans et demi. Ils avaient réservé le Chalet pour deux semaines. Nous vous tiendrons informés du développement de cette terrible affaire. »

7

Pierre et Maryline sont là, assis sur un rocher, terriblement choqués par le drame de cette nuit. Des milliers de questions submergent Pierre. Qui a pu faire ça ? Pour quelle raison ? Cette famille avait l'air si équilibrée et heureuse ! Qui peut leur en vouloir au point de les tuer ?

Le Capitaine Giordano sort Pierre de ses sombres pensées.

– J'ai besoin que vous veniez à la gendarmerie, en tant que propriétaire des lieux. L'origine étant certainement criminelle, nous ne devons négliger aucune piste.

Pierre est surpris par ces mots « négliger aucune piste ».

– Que voulez-vous dire, Capitaine ? Je ne comprends pas, réplique Pierre.

– C'est bien pour cela qu'il nous faut prendre un moment pour en parler, dans le cadre de l'enquête, répond Joss Giordano. Je vous attends donc, à la gendarmerie, avec Madame, demain matin, à 9h00 précises.

– Nous serons là, dit Pierre.

Avant de redescendre dans la vallée, Pierre et Maryline se retournent, une dernière fois, comme s'ils avaient besoin de se convaincre que tout cela est bien réel.

Les fumerolles restantes leur rappellent alors que leur vie d'avant vient de basculer à nouveau et qu'il faudra sans doute recommencer à zéro.

Pierre voit se dessiner, sur le visage de Marilyne, les stigmates d'un grand désespoir.

– Bonjour, merci d'être là, dit le Capitaine Giordano. Voulez-vous un café ?

– Non merci, répond Pierre. Marilyne et lui n'en boivent jamais.

– Bon, voilà. Je dois vous informer du déroulement de l'enquête. Compte tenu des éléments retrouvés sur place et constatés, le parquet a décidé d'ouvrir une enquête pour homicide volontaire avec préméditation. Cela signifie que nous allons devoir vous interroger et mener un certain nombre d'investigations pour éliminer ou pas toute piste vous concernant, qui aurait pu motiver un tel acte. Nous ferons de même avec la famille des victimes, en collaboration avec la PJ de Lille.

– Cela veut-il dire que vous nous soupçonnez d'avoir incendié notre propre chalet aux seules fins de tuer ces pauvres gens pour je ne sais quelle raison ? Nous ne les avions jamais rencontrés auparavant. Cela n'a aucun sens, répond Pierre avec virulence.

Joss Giordano est un homme expérimenté et sait parfaitement anticiper la réaction des personnes dans ce type de situation. Mais cette affaire est tout à fait exceptionnelle et sensible.

– Calmez-vous Monsieur Delpré. Vous êtes actuellement tous deux entendus comme témoins assistés. Comme je vous l'ai dit tout à l'heure, il est nécessaire de ne rien négliger dans une telle affaire et cela passe par votre collaboration. Pour rappel, ce statut de témoin assisté, décidé par le juge, vous place entre le témoin et le mis en examen du fait de votre proximité avec cette affaire. Cela ne fait pas de vous, pour autant, un accusé.

- Excusez-moi, capitaine, mais j'avoue que nous sommes terriblement affectés par ce qui s'est passé. Et cette famille… Ils avaient l'air tellement…Pierre ne peut finir sa phrase, envahi par l'émotion.

Marilyne ne dit rien, prostrée sur sa chaise, ses mains croisées sur ses genoux, le dos légèrement penché en avant, la tête baissée, les yeux rougis par le chagrin. Elle ne peut s'empêcher de penser à ces deux petits, si tragiquement disparus. Elle se sent vide. Incapable d'aucune réaction.

Pierre et Maryline n'ont jamais voulu avoir d'enfants. Leur vie tournée vers le travail et épris de liberté, ils ont pris cette décision ensemble. Ils se suffisent à eux même et n'ont jamais ressenti ce besoin. Une pensée s'impose à Marilyne : vivre un tel drame doit être insupportable pour des parents. Perdre ses deux enfants chéris…Mieux vaut mourir avec eux. Quelque part, cette pensée la soulage un peu.

Après quelques questions d'ordre général, le Capitaine Giordano autorise Pierre et Maryline à rentrer chez eux.

– Je me dois de vous rappeler que vous devez rester à la disposition de la justice et que vous avez interdiction de quitter le territoire tout le temps de la procédure judiciaire. Demain, nous nous rendrons sur le lieu du crime afin de procéder à des fouilles dans le but de trouver d'autres indices.

Pierre et Maryline ressentent dans les propos du capitaine une certaine fermeté mêlée de stress.

La tentative de résolution de cette affaire ne fait que commencer et déjà la pression est palpable. Il y a là un véritable enjeu : Il faut aller vite. Les premiers jours de l'enquête sont déterminants et les médias, toujours à l'affût de sensationnel, commencent à le faire savoir.

Joss Giordano ne lésine pas sur les moyens. Il déploie plus de 15 gendarmes et policiers sur le site. Une équipe est chargée de fouiller les décombres dans l'espoir d'y trouver quelque chose, l'autre de chercher aux alentours du chalet toute trace éventuelle permettant de suivre une piste.

C'est à ce moment que René arrive avec son vieux 4X4. Il est immédiatement stoppé par un des gendarmes, qui alerte le Capitaine. Joss Giordano se rend auprès de lui :

– Vous ne pouvez pas aller plus loin, lui dit-il fermement. Tout le périmètre est classé en scène de crime.

René, très peu impressionnable, rétorque au Capitaine :

– Scène de crime ! et puis quoi encore. Son chalet il a cramé parce qu'il a jamais fait ramoner sa cheminée, c'est tout. Tout ça pour économiser quelques sous. De toute façon, plus ils en ont, plus ils en veulent.

– Qu'est-ce qui vous permet d'avancer cela, Monsieur ? lui renvoie sèchement Le Capitaine

– Le ramoneur, y en a qu'un dans le pays qui accepte de monter ici et c'est mon beau-frère, vous voyez ! et il a jamais ramoné ce chalet.

– Donnez-moi ses coordonnées. Nous allons prendre contact avec lui pour vérifier vos propos.

– Pas de problème, vous verrez que je dis vrai.

– Avez-vous eu des contacts avec les victimes depuis leur arrivée ? Quelque chose vous a-t-il marqué en particulier ? insiste Joss Giordano.

– Non, rien du tout. Je me méfie des étrangers.

– Avez-vous vu quelqu'un d'autre dans les parages ces derniers temps ? demanda le Capitaine

– Non. Mais j'ai vu une petite bagnole rouge, garée deux virages plus bas, avant-hier. Jamais vu avant.

– Son immatriculation ?

– Puis quoi encore. Si je dois relever toutes les immatriculations qui passent par-là, j'ai pas fini, s'énerve René.

– Décrivez-moi le véhicule. Marque, forme, signes distinctifs... Giordano sent qu'il tient un début de piste.

Joss Giordano ne lâche jamais rien. Il s'est créé une véritable réputation au sein de la brigade.

Après avoir passé haut la main le concours de l'École des Officiers de la Gendarmerie Nationale de Melun, il a tout de suite démontré sa capacité à encadrer et fédérer une équipe. Mordant et résistant à la pression, il a contribué à la résolution de plusieurs affaires et obtenu rapidement le grade de Capitaine.

Une de ses grandes forces est qu'il croit au collectif. Il ne décide jamais seul, sollicite et challenge toujours ses équipes pour les décisions importantes. Son exigence fait de lui quelqu'un de respecté mais aussi de redouté.

– J'ai vu qu'elle avait l'angle avant droit du pare-chocs décroché, se souvient René.

Joss Giordano lance immédiatement un avis de recherche du véhicule.

8

Pendant ce temps, à Lille, il faut informer les familles de Gabriel et Jeanne, dure mission qui est confiée au lieutenant Desprez, accompagné par l'un de ses collègues, brigadier, ainsi qu'une psychologue rompue à ce type d'exercice.

– Bonjour Madame, gendarmerie nationale. Vous êtes bien madame Dubois Jacqueline ?

– Que…Que se passe-t-il ? répond Jacqueline, la gorge nouée.

– Peut-on entrer, je vous prie ?

Jacqueline reçoit la terrible nouvelle comme un coup de poing dans l'estomac. Son corps se plie en deux, sous la douleur. Tout s'écroule autour d'elle.

Elle perd l'équilibre, rattrapée de justesse par le brigadier et la psychologue. Ils l'assoient sur l'un des deux fauteuils du salon. La psychologue est allée chercher un verre d'eau ainsi qu'un sucre dans la cuisine.

Jacqueline a les yeux hagards, vides, embués de larmes. Elle est prise de sanglots et se met à trembler de tout son corps. Pendant que les deux gendarmes la surveillent, la psychologue compose le 18. En état de choc, il faut l'hospitaliser.

Sa fille et ses petits-enfants représentaient tout dans sa vie, depuis le décès de son mari, Bertrand.

Le Lieutenant Desprez, très affecté par la situation, ne se sent pas d'aller informer les parents de Gabriel. Il contacte son supérieur, le Capitaine Cuvelier, qui décide de s'en charger lui-même, avec la psychologue. Renseignement pris, il contacte le médecin traitant de Matthieu et Myrtille, pour lui demander de les rejoindre sur place.

À l'ouverture de la porte, Matthieu comprend immédiatement qu'un drame a eu lieu. Myrtille s'effondre dans ses bras, pour glisser ensuite le long de ses jambes. Une fois à terre, elle se recroqueville sur elle-même, prise de tremblements.

Matthieu reste immobile, comme tétanisé. Incapable du moindre geste, ne laissant paraitre aucune émotion, il est planté là, sans réaction. La psychologue comprend immédiatement qu'il est en situation de sidération. Elle s'approche, lui parle doucement, évitant tous gestes brusques.

D'une voix douce, elle lui dit :

– Respirez lentement et profondément, Monsieur. Prenez votre temps. Nous sommes là pour vous aider, vous n'êtes pas seul.

Pendant ce temps, le gendarme et le médecin se chargent d'installer Myrtille sur le canapé. Le médecin lui prend la tension et lui administre un calmant.

Les pompiers prennent en charge le couple, afin de les mettre en sécurité, à l'hôpital.

L'heure n'est évidemment pas à l'interrogatoire. Il faut attendre quelques jours avant de pouvoir questionner

Jacqueline, Myrtille et Matthieu sur la vie de Gabriel et Jeanne, à la recherche d'un éventuel indice.

De retour à la gendarmerie, Le Capitaine Cuvelier informe Joss Giordano de la situation.

Une course contre la montre est déclenchée. Il faut accélérer.

Deux jours après le drame, on peut lire en première page de l'édition des Hautes Alpes du Dauphiné Libéré :

– Affaire du hameau de la Redonne : L'assassin court toujours.

Cette affaire alimente les discussions dans les cafés et commerces de Briançon. La population, très affectée par ce qui s'est passé, s'interroge à la fois sur les motivations bien sûr, mais aussi sur les moyens alloués à la résolution de ce crime.

Joss Giordano convoque à nouveau Pierre et Maryline Delpré. Il pressent un lien entre eux et cet évènement.

N'était-ce pas eux qui étaient visés par l'incendie du chalet ?

La famille Debruyne n'était-elle pas là au mauvais endroit, au mauvais moment ?

Et si l'incendiaire pensait au moment des faits, que le chalet était inhabité ? Après tout, le véhicule des Debruyne était stationné à l'entrée du hameau et non à proximité du chalet ? Il faisait nuit. Tous les volets étaient fermés…

Pierre et Maryline viennent d'arriver à la Gendarmerie.

– Monsieur et Madame Delpré, dans cette affaire, nous tentons d'élaborer plusieurs hypothèses. La première étant que la famille Debruyne était clairement visée par cet acte odieux. Nos collègues de Lille sont en train d'investiguer sur le sujet. La deuxième, est qu'il y ait un lien avec vous.

En effet, nous pouvons penser que, le chalet étant totalement fermé la nuit, le meurtrier s'est dit qu'il n'y avait personne à l'intérieur. D'autant plus que la voiture des Debruyne était garée à l'entrée du hameau…Il pourrait alors s'agir, d'un avertissement lancé à votre encontre ou d'une vengeance quelconque…D'où ma question : Avez-vous des raisons de penser que quelqu'un puisse vous en vouloir, au point d'incendier votre maison ?

Pierre est abasourdi par l'hypothèse avancée par le Capitaine ; Marilyne reste, comme lors de la première audition, totalement fermée et muette.

— Qu'attendez-vous de nous, au juste, Capitaine ? renvoie sèchement Pierre

— Je veux que vous me parliez de vous, de votre vie aussi bien ici qu'en Afrique du Sud — lui rétorque tout aussi sèchement Joss Giordano. Comme vous le voyez, nous nous sommes déjà un peu renseignés.

À l'évocation de l'Afrique du Sud, le Capitaine détecte chez Pierre et Maryline un léger malaise.

Pierre se plie à la règle et commence à parler de leur vie, démarrant par leur rencontre à Barcelone, le travail pour Bouygues Construction puis leur expatriation en Afrique du Sud pour diriger l'exploitation d'une mine d'or et enfin leur installation à Villard Saint Pancrace.

Joss Giordano écoute attentivement le récit de Pierre, sans l'interrompre.

10 minutes passent, puis Pierre s'arrête.

— Êtes-vous bien certain, Monsieur Delpré, de m'avoir tout dit, de n'avoir rien oublié ?

— Absolument certain, lui répondit Pierre, sûr de lui.

— Très bien, je vous remercie. Vous pouvez y aller. Vous serez très certainement à nouveau convoqués prochainement, conclut le Capitaine.

Cet entretien laisse Joss Giordano sur sa faim et le conforte dans le fait qu'un lien existe entre l'incendiaire et le couple Delpré.

L'ensemble de l'entretien a été enregistré, comme l'autorise la loi.

Joss Giordano rassemble son équipe. Ils écoutent l'enregistrement, dans sa totalité. L'un d'entre eux, Sylvain Vandame note le nom de la mine d'or : Tau Tona. A l'issue de la réunion, il propose au Capitaine d'effectuer des recherches sur cette exploitation minière.

9

Un rayon de soleil frappe son visage. Martin Lagier ouvre les yeux, hébété, allongé sous les arbres, dans une forêt. Il est 9h10.

— Où suis-je ? S'interroge -t-il.

Le bruit d'écoulement d'un ruisseau attire son oreille. Il se lève, se déshabille et plonge son corps dans l'eau. Il se sent bien, reposé d'une bonne nuit, en pleine nature, mais ne comprenant toujours pas ce qu'il fait là.

Il sent dans sa poche une petite boîte métallique, ronde. Son traitement ! Il faut qu'il le prenne, comme chaque matin. Il en sort deux cachets, un blanc et un jaune et les avale avec une bonne gorgée d'eau fraîche.

Soudain, dans sa tête, un certain nombre d'images se bousculent, reconstruisant brutalement les événements passés. Ce n'est donc pas un cauchemar…Mais il ne ressent pas les mêmes émotions qu'hier. Il est dans une sorte de déni, incapable de reconnaitre son implication dans un tel désastre

Dans un état second, il se met à marcher, se dirigeant vers un pylône électrique. Une fois celui-ci atteint, il saura retrouver son chemin.

En marchant, il se souvient s'être rendu, en voiture, au hameau de la Redonne, il y a 4 jours, pour y cacher un bidon d'essence. Il se rappelle également y être retourné, mais cette fois à pied, hier, en fin de journée.

Dans son esprit, tout s'éclaircit. C'est de plus en plus clair. C'est lui...Lui qui a incendié ce chalet, lui qui a tué ces gens. Mais je n'ai fait qu'obéir, s'oblige-il à penser. Ce n'est donc pas de ma faute ? Ce raisonnement simpliste le rassure.

Quatre heures plus tard, il est de retour chez lui, à Puy Saint Pierre.

10

L'enquête piétine. À part le signalement du véhicule, aucune piste. Joss Giordano rumine, enfermé dans son bureau.

Sylvain Vandame frappe à la porte.

— Capitaine, comme je vous l'ai dit, j'ai effectué des recherches sur la mine d'or où les époux Delpré ont travaillé. En fouillant un peu, j'ai découvert, que chaque jour, avant que les mineurs se rendent sur leur lieu de travail, l'équipe dirigeante devait procéder à une analyse météo afin d'autoriser l'accès ou non, en raison des risques de submersion possible lors de fortes pluies. Il se trouve que le 15 mars 2018, l'autorisation a été donnée par Pierre Delpré quand soudain un déluge s'est abattu sur le site, provoquant la noyade de plus de 50 personnes.

Cette tragédie a donné lieu à un procès, qui s'est déroulé sous haute tension, et au terme duquel Pierre Delpré a été condamné. Il a dû verser aux familles un dédommagement de plus de deux millions de dollars et contraint de quitter le territoire.

C'est à la suite de cette affaire que le couple est venu s'installer à Villard Saint Pancrace pour refaire sa vie.

Le regard de Joss Giordano s'illumine, rempli d'une lueur d'espoir.

— Tu penses à une vengeance ? Un fils ou une fille qui aurait perdu ses parents dans cet accident ou des parents ayant perdu l'un ou plusieurs de leurs enfants ? Lui renvoie le capitaine.

— Exactement, capitaine. Ça tient la route, non ?

— Prends un collègue avec toi et fouillez cette histoire de fond en comble. Ne laissez rien au hasard : coupures de presse, interviews, enregistrements…Je demande une autorisation immédiate d'accès au dossier du procès. Il y a sûrement eu des familles plus vindicatives que d'autres. Trouvez les responsables qui ont créé l'association de défense des familles de victimes. On les contactera et on ira sur place s'il le faut ? Bravo Sylvain, beau boulot.

Une fois Sylvain Vandame sorti du bureau, Joss Giordano saute sur son téléphone et appelle Pierre Delpré.

Il tombe sur sa messagerie vocale.

— Monsieur Delpré, bonjour. Joss Giordano. Je dois vous voir au plus tôt. Merci de vous présenter, ce jour à 17h à mon bureau.

— Bonjour Monsieur Delpré, merci d'être venu. Vous ne m'avez pas tout dit la dernière fois. Pourquoi ne pas m'avoir parlé du drame qui a eu lieu à la mine d'or, le 15 mars 2018 ?

À l'évocation de ce douloureux souvenir, Pierre Delpré montre une certaine nervosité.

— Le bulletin météo n'était pas si mauvais, rugit-il. J'ai pris la décision d'autoriser l'accès à la mine sur la base des infos dont je disposais. Cela a d'ailleurs été reconnu comme circonstances atténuantes, lors du procès. Et puis, merde à la fin, j'ai suffisamment souffert de cette histoire. Cela a failli détruire ma vie.

— Et les familles ! Ceux qui ont perdu des proches dans de telles conditions ! Vous ne croyez pas que leur vie a été autrement plus détruite que la vôtre ? s'enhardit le capitaine.

Nous pensons que cette histoire peut avoir un lien avec l'incendie de votre chalet. Un acte malveillant avec pour motivation la vengeance. Il va donc falloir faire appel à votre mémoire. Qui, selon vous, pourrait, plus que d'autres, vous en vouloir, au point d'incendier votre maison ?

Pierre Delpré n'en croit pas ses oreilles. Cette histoire revient le hanter, alors qu'il pensait avoir tourné la page, même si lors de ses nuits, ces douloureux souvenirs s'invitent régulièrement.

Il respire profondément, avant de répondre au capitaine, afin de canaliser ses émotions :

— Vous savez, capitaine, personne plus que moi n'est conscient des conséquences qu'une telle décision a pu avoir. Je vis avec ça depuis, avec cet énorme sentiment de culpabilité. Et ce n'est pas le fait de m'être acquitté de la condamnation qui peut effacer ce sentiment. Il m'accompagne chaque jour qui passe et m'accompagnera jusqu'à ma dernière demeure. A la mine, j'avais un contremaître, en qui j'avais une confiance absolue. Il faisait bien le lien entre nous, les blancs et les creuseurs. Il était plutôt de mon côté, prenant le relais lors de certains conflits, en se positionnant clairement en faveur de la direction. Le jour du drame, il a perdu ses parents ainsi que l'un de ses neveux. Ce jour-là, il m'a accusé d'être directement responsable de cette catastrophe et m'a dit que je n'avais pas su résister à la pression financière et à celle du propriétaire de la mine. Il s'est rangé tout de suite du côté des familles de victimes et a participé activement à la création de l'association de défense. Il en était le secrétaire. Durant toute la durée du procès, il a stoppé toute relation directe avec moi. Nous n'échangions alors que par avocats interposés.

– Son nom ? Coupe Joss Giordano.

– Il s'appelle Thabo Mathenjwa, répond Pierre Delpré. Mais de là à en faire un potentiel coupable…

– Comme je vous l'ai déjà dit, nous ne devons rien négliger. Comment peut-on le contacter ? Travaille-t-il toujours à la mine ? Questionne le capitaine.

– Aucune idée. Comme vous vous en doutez, je n'ai plus aucun contact avec lui.

– Pensez-vous à quelqu'un d'autre, de la mine ou dans votre entourage proche ?

– Toutes les familles des victimes sont des accusés potentiels, dans ce cas…

– Ok. Merci pour ces infos. Nous allons déclencher des recherches et enquêter afin d'en savoir plus sur ce Thabo Mathenjwa conclut Joss Giordano.

Pierre prend congé du Capitaine, très remué par cette discussion, qui réactive en lui des souvenirs déjà impossibles à enterrer.

Pour Joss Giordano, tout dans cette affaire semble l'amener vers l'Afrique du Sud. Il demande à sa cellule investigation de déclencher une enquête concernant le contremaître de la mine. Il veut tout savoir sur lui, sa famille, ses activités. Pour cela, il faut collaborer avec les services de police de Johannesburg et passer donc par une demande auprès du Bureau Central National Interpol (B.C.N.).

Il décide d'adresser à son patron une Notice Rouge d'Interpol, qui permet d'alerter simultanément les polices des pays membres concernés par la personne recherchée, en l'occurrence la France et l'Afrique du Sud. Cette procédure a l'avantage de lancer un avis de recherche et non pas un mandat d'arrêt contre le suspect.

11

À neuf cent cinquante kilomètres de là, des parents inconsolables pleurent leurs enfants et petits-enfants disparus.

Jacqueline est toujours hospitalisée, sous surveillance, Matthieu et Myrtille sont chez eux.

Tous trois sont bouleversants, les traits marqués par plusieurs nuits agitées. Ils semblent égarés, perdus dans un monde irréel, grâce sans doute aux sédatifs préconisés par leurs médecins respectifs. Comment aider des parents et grands-parents à traverser une telle épreuve ?

Jacqueline, sous observation, est traversée par des idées noires, ne trouvant plus de sens à sa vie. Son époux, il y a quatre ans et maintenant sa fille et ses deux petits-enfants…Elle a clairement exprimé, plusieurs fois, l'envie de mourir. Impossible dans ces conditions de la laisser sortir.

Matthieu et Myrtille ont pour chance d'être deux, même si dans certains cas ce type d'épreuve peut diviser plutôt que renforcer. L'image que l'un renvoie à l'autre, la façon de réagir de l'un, peuvent faire céder les fondations de leur couple devenues si fragiles. Confrontés chacun à sa manière à l'incompréhension, souffrant de l'absence d'explications, ainsi que l'impossibilité de voir, une dernière fois, le corps de leurs enfants et petits-enfants chéris. Comment faire le deuil de tout cela ?

Tous trois se sentent amputés, souffrant d'un vide abyssal, impossible à combler et refermant définitivement sur eux la fenêtre de l'avenir.

Leur vie ne sera plus que celle d'un passé, convoquant bien sûr des joies, mais provoquant tout aussitôt des larmes. Les larmes d'un désespoir, marquées par l'absence insoutenable, rappelées par les rires des enfants, les fêtes de familles, les discussions partagées. Ils ont mal à leur cœur, ils ont mal à leur âme et savent que le cœur et l'âme ne guérissent jamais.

Pour les nécessités de l'enquête, le Capitaine Cuvelier et le Lieutenant de brigade Desprez se rendent à l'hôpital, au chevet de Jacqueline Dubois. Ils sont tous deux choqués, en la voyant, de voir à quel point le chagrin peut transformer en peu de temps un visage.

Jacqueline Dubois était une belle femme de 73 ans, ayant toujours vécu sainement, sportive et curieuse de nature. Elle aimait s'habiller, sortait toujours apprêtée. Souriante et avenante, elle ne laissait pas indifférent.

Du haut de son âge, elle restait attirante et le savait.

La terrible nouvelle a eu sur elle un effet dévastateur. Comme si elle avait décidé de tout abandonner. Comme si son visage et son corps obéissaient à son esprit, en une synchronisation quasi parfaite. Elle est méconnaissable, rongée par la peine et bouffée par un sentiment d'imposture.

— C'était à moi de partir, pas à eux ! Vous comprenez ? jette-t-elle à la figure des enquêteurs.

— Et Dieu dans tout ça, hein ? qu'est-ce qu'il fout ?

Elle se met à sangloter et laisse couler sur ses joues les quelques larmes qui lui restent.

Alain Cuvelier, malgré une émotion perceptible, décide de tenter un échange avec elle.

— Madame, nous souhaitons tout d'abord, au nom de l'ensemble du corps de la Gendarmerie de Lille, vous adresser nos très sincères condoléances. Nous avons tous été bouleversés par ce drame. Aujourd'hui, j'ai la lourde tâche d'essayer de comprendre comment cela a pu arriver et pour ça j'ai besoin de vous poser quelques questions. Êtes-vous d'accord ? Vous vous en sentez capable ?

— Ce n'est pas ça qui me les ramènera vous savez, sanglote Jacqueline.

Elle se penche vers le tiroir de sa table de chevet et en sort une photo réunissant sa fille, son gendre et ses petits-enfants. C'était il y a 15 jours, au parc de la citadelle.

Le Capitaine Cuvelier demande à Jacqueline Dubois de voir la photo de plus près.

Son œil est immédiatement attiré par un homme, assis sur un banc en arrière-plan.

Lunettes de soleil et téléphone portable à la main, une capuche sur la tête, il donne nettement l'impression de photographier la famille. Il demande l'autorisation à Madame Dubois de scanner la photo.

— Je vous écoute, Capitaine, relance Jacqueline.

— Excusez par avance la brutalité de certaines questions. Pensez-vous que votre gendre et votre fille avaient des ennemis, ou en tout cas des gens qui avaient de bonnes raisons de leur en vouloir ? formule sans conviction, Alain Cuvelier.

— Il n'y avait pas plus gentils et sains que Gabriel et Jeanne. On ne pouvait pas ne pas les aimer, répond Jacqueline, un léger sourire aux lèvres, dessiné par ses souvenirs.

— Avaient-ils des soucis d'argent ? Auraient-ils pu emprunter une somme importante à quelqu'un ? continue le gendarme.

— Leur magasin marchait très bien, et les beaux-parents de Jeanne ont pu leur offrir un bel appartement, dans le cadre d'un héritage anticipé. Je ne pense pas qu'ils avaient des soucis de ce type. Et puis, vous savez, ils ont été tous deux élevés simplement et n'avaient pas de besoins démesurés.

Au fil de l'interrogatoire, on sent Jacqueline se détendre. Parler de ses enfants lui fait du bien, même si la douleur reste évidemment intacte.

Une heure et demie est passée et les gendarmes sentent que Madame Dubois a besoin de repos.

Ils la saluent, la remercient chaleureusement pour ces échanges et lui souhaitent du courage pour les jours à venir.

— Vous me tiendrez au courant de la suite ?

— Bien sûr Madame. Comptez sur nous

Cinq minutes après leur départ, Jacqueline se retourne sur le côté et se met à pleurer.

— Lieutenant, vous rentrez tout de suite au commissariat et vous lancez une analyse de cette photo, visant particulièrement l'individu assis en arrière-plan. Il me faut son identité au plus vite, ordonne Cuvelier.

Pendant ce temps, le capitaine se rend chez les Debruyne.

Matthieu et Myrtille vivent dans un immeuble cossu, proche du parc de la Citadelle, au cinquième étage.

Arrivé devant l'interphone, il sonne, puis prend l'ascenseur.

Lorsqu'il toque à la porte d'entrée de l'appartement, il entend le son très élevé du poste de télévision.

Myrtille se lève, d'un pas alourdi par la tristesse.

– Bonjour Capitaine, entrez, je vous en prie.

L'appartement est vaste et lumineux, bordé d'un long balcon, permettant d'apercevoir le beau parc arboré. De beaux fauteuils et canapés en cuir entourent une jolie table basse en verre.

De très nombreux bibelots, sans doute chinés dans plusieurs brocantes, ont chacun leur place dans la pièce.

Des cadres photos sont également disposés, respectant sans doute une logique propre à chacun.

– Matthieu, baisse le son, s'il te plait, et viens. Le Capitaine est arrivé.

– Tout d'abord, merci de me recevoir, dans une période que j'imagine certainement très difficile pour vous. Je veux avant toute chose vous présenter mes sincères condoléances pour la tragédie qui vous a frappés et vous assurer de tout le soutien de la gendarmerie de Lille. Nous même sommes très affectés par cette histoire.

– Merci Capitaine, répond mollement Matthieu, comme s'il n'attendait rien de cette rencontre.

– Voilà, reprend le capitaine, pour les besoins de l'enquête, il nous faut mieux connaître les victimes et leur entourage. Veuillez par avance excuser la brutalité de certaines de mes questions, mais elles sont essentielles.

Le Capitaine Cuvelier déroule alors son lot de questions, sans espoir d'apprendre quelque chose de vital. A chacune de ses questions, Myrtille se lance dans une logorrhée verbale interminable. Cela lui permet sans doute de compenser une absence de dialogue avec son époux, totalement replié et enfermé sur lui-même.

Lors des interventions de Madame Debruyne, Alain Cuvelier en profite pour laisser son regard parcourir la pièce. Comment peut-on accumuler autant d'objets, se dit-il. Jusqu'au moment où son regard s'arrête sur une photo, joliment encadrée.

— Pardonnez-moi de vous couper, Madame Debruyne, mais où a été prise cette photo et il y a combien de temps, s'il vous plaît ?

Surprise par cette intervention, Myrtille se rapproche de l'image.

— Ah, celle-là. C'était il y a une vingtaine de jours. Des sanglots montent dans sa gorge, l'empêchant de continuer.

— Voulez-vous un verre d'eau ? Lui propose le Capitaine, sensible à l'émotion ressentie par Madame Debruyne à l'évocation de ce qui doit être un beau souvenir.

- Oui, lui répond-t-elle de la tête.

— Ce jour-là, nous sommes allés déjeuner dans un restaurant, à Marquette lez Lille et après nous nous sommes promenés sur le chemin de halage qui longe la Deûle. Il faisait un temps magnifique. Bouleversée par ce souvenir, elle fond en larmes.

Derrière un arbre, en arrière-plan, un homme, lunettes noires sur le visage, capuche sur la tête, photographie discrètement la famille.

De retour à la gendarmerie, Alain Cuvelier appelle Joss Giordano.

– Bonjour Giordano, c'est Cuvelier. Je viens d'interroger les parents des victimes. Chacun d'eux détient une photo où pose l'ensemble de la famille et en arrière-plan de chacune d'entre elles, on voit clairement le même individu en train de les prendre en photo. Dans deux lieux différents et datant d'environ 15 jours. J'ai trouvé ça bizarre. Le même homme, portant des lunettes noires et une capuche sur la tête. Comme s'il ne voulait prendre aucun risque d'être reconnu. Je les ai scannées. Je vous les envoie.

– Bien joué Cuvelier. J'imagine que vous avez lancé une recherche pour retrouver l'individu ?

– Bien sûr, c'est en cours. Je vous tiens informé.

Les deux hommes raccrochent.

12

Pendant ce temps, à Puy Saint Pierre, Martin Lagier implore ses parents de l'aider. La tête prise dans ses mains, il tourne en rond autour de la table, incapable de se calmer, de se raisonner. Il transpire à grosses gouttes et en même temps, est envahi de frissons et de sueurs froides.

Que doit-il faire ? Se dénoncer ? Il est totalement désemparé, comme emmuré dans une pièce, incapable d'en sortir, prisonnier de son esprit qu'il n'arrive pas à contrôler, bousculé par de nombreuses injonctions contradictoires.

D'ordinaire, il n'a jamais su prendre une décision seul. Alors comment pourrait-il, face à cette histoire !

N'en pouvant plus, il se met à hurler, se tape la tête contre sa porte d'entrée. Alerté par les cris, Lucien Faure, son voisin d'en face, arrive, affolé.

– Martin ! Martin ! Tout va bien ? Ouvre-moi s'il te plaît, ouvre-moi.

Martin ouvre la porte, le visage en sang, l'arcade sourcilière gauche ouverte, les yeux exorbités. Il saute sur Lucien en hurlant :

– C'est pas moi Lucien, c'est pas moi ! On m'a obligé.

Lucien réussit à se dégager, ne comprenant pas ce qui se passe.

– Arrête Martin, arrête. Calme-toi. Je suis là.

Au bout de cinq minutes, il parvient à le calmer, le fait rentrer dans sa maison, s'asseoir et lui donne de quoi boire.

Martin tremble de tous ses membres, envahi par des spasmes nerveux. Il est en état de choc.

Lucien Faure est infirmier libéral sur le Briançonnais. Même s'il n'a jamais été confronté à ce type de situation, il sait réagir rapidement avec sang-froid.

Une fois calmé, Lucien demande à Martin :

– Que t'arrive-t-il, Martin ? Qu'est-ce qui ne va pas ?

– Je les ais tués, tous les quatre ! Balance-t-il sans prévenir.

– De quoi parles-tu, Martin ? Je ne comprends…

Lucien n'a pas le temps de finir sa phrase que Martin lui hurle dessus :

– On m'avait pas dit qu'il y avait des gens dedans. On m'avait promis qu'il n'y avait personne. Je voulais tuer personne, moi, je te jure.

– Martin, calme-toi. Je suis là. Tu peux tout me dire. De quoi parles-tu ? Qui as-tu tué ? Je ne comprends pas, réplique Lucien.

– Tu le fais exprès ou quoi ! L'incendie du chalet, c'est moi, tu comprends maintenant, c'est moi qui ai tout cramé.

Lucien reste figé, stupéfait parce qu'il vient d'entendre. L'incendie du hameau de la Redonne ? il ne sait comment réagir, abasourdi par le récit de Martin.

Il reprend ses esprits rapidement. Il faut calmer Martin.

– Martin, tu restes là, tu m'entends ? Je reviens tout de suite.

Lucien se précipite chez lui et apporte à Martin un cachet de valium, afin de l'apaiser.

– Essaie de m'expliquer ce qui s'est passé, Martin, que je voie ce que l'on peut faire. Est-ce quelqu'un qui t'a demandé de faire ça ? s'aventure Lucien.

Martin, visiblement tranquillisé par les effets du calmant, raconte l'histoire à Lucien, l'appel masqué reçu d'un inconnu, lui proposant trois mille euros pour mettre le feu à un chalet ;

– Je ne sais même pas à qui il est ce chalet ! J'ai fait ça pour l'argent, je savais pas qu'il y avait une famille dedans, il me l'avait pas dit.

Lucien connaît parfaitement la sensibilité de Martin due à la non-acceptation de son handicap et a souvent répondu présent auprès de ses parents pour les aider lors de situations de crises.

Il sait qu'il faut décider à sa place, sans lui laisser le choix.

– Ok Martin, voilà ce qu'on va faire. On va aller tous les deux à la gendarmerie expliquer ton histoire. Tu as été manipulé par quelqu'un qui a profité de toi. Les policiers comprendront, fais-moi confiance.

– J'veux pas aller en prison, je préfère mourir, réplique directement Martin.

– Martin, je te promets que tu n'iras pas en prison. Tu ne seras pas tenu responsable de cet acte. La personne qui a profité de ta faiblesse sera retrouvée et punie. C'est pour ça que ton témoignage est capital.

Ayant obtenu relativement facilement l'accord de Martin, Lucien l'embarque dans sa voiture, direction le commissariat de Briançon. En faisant sa manœuvre, Lucien aperçoit la voiture de Martin garée derrière sa maison, une Dacia Sandero rouge, le pare-chocs avant droit décroché.

13

Pierre se remémore l'entretien vécu avec le capitaine Giordano. Peut-être a-t-il raison. Thabo Mathenjwa est peut-être l'incendiaire, mais surement pas responsable du meurtre de cette famille. Cela voudrait-il dire que ces pauvres gens étaient là, au mauvais moment, au mauvais endroit ! Thabo ne se serait pas renseigné avant de mettre le feu ? Il n'aurait pas cherché à savoir ?

Tout cela lui semble improbable. Il sait Thabo, précis et minutieux ; Il n'aurait jamais pris un tel risque.

Il se souvient de son contremaître, travaillant à la mine. Dès qu'un étayage semblait donner un début de faiblesse, Thabo ordonnait immédiatement sa consolidation. Il supervisait systématiquement le chantier, vérifiait de près la qualité du travail réalisé. Il ne laissait jamais rien au hasard, ayant conscience des éventuelles conséquences d'une réparation approximative.

Si c'est lui l'incendiaire, il aurait vérifié d'abord si le chalet était occupé.

Pierre prend son téléphone pour appeler Joss Giordano afin de lui faire part de ses doutes. Le Capitaine l'écoute attentivement et lui répond :

— Je comprends vos doutes Monsieur Delpré, mais je ne peux pas ne rien faire sous ce simple prétexte. On croit connaitre les gens et bien souvent, dans certaines situations, ils révèlent une personnalité qu'on ne leur connaissait pas. Vous savez, la souffrance d'avoir perdu des proches peut vous faire agir de façon irrationnelle. La vengeance est un moteur tellement puissant dans ce cas … Peut-être était-il mû par cet esprit si fortement qu'il en a perdu la raison, au-delà de toute précaution.

Pierre comprend le raisonnement du gendarme, même s'il reste convaincu de l'innocence de Thabo.

Pendant ce temps, Maryline est allongée sur le canapé du salon, totalement fermée depuis l'événement. Bien sûr le traitement administré par son médecin participe à cet état, mais Pierre est inquiet car cela ne lui ressemble absolument pas.

Maryline, d'un naturel enthousiaste et fort, ne cesse de penser à cette famille, à leurs proches. Quelque part, elle se sent responsable de ce qui s'est passé, surtout si Thabo Mathenjwa est mêlé à cela.

— Tout ça est notre faute, Pierre. Il ne fallait pas autoriser l'accès à la mine. Nous n'en serions pas là et ces gens seraient toujours vivants, dit-elle d'une voix sourde, presque inaudible.

— Ma chérie, nous ne pouvons pas vivre de regrets. Ce qui est fait, est fait. Rien ni personne ne pourra le changer. Consacrons les quelques forces qu'il nous reste à essayer de comprendre ce qu'il s'est passé. Je suis convaincu que Thabo n'y est pour rien. Cela ne lui ressemble pas. Battons-nous pour le démontrer. Trouvons-le avant tout le monde.

Maryline reconnaît là l'esprit de combativité de son mari. C'est un homme solide, capable de se sortir de n'importe quelle situation, avec sang-froid et pragmatisme. Une fois de plus, il le démontre.

Ses mots lui font du bien. Elle se redresse sur le sofa et lui sourit :

– Je ne te laisserai jamais, mon amour. Excuse-moi pour ces moments de faiblesse, mais depuis ce jour maudit, je suis hantée par de sombres pensées. Je vais me ressaisir.

Pierre la rejoint sur le canapé, la prend dans ses bras et l'embrasse longuement.

D'un coup, une idée lumineuse lui vient à l'esprit.

– Tu te souviens de Thierry Forbacq ?

– Oui, bien sûr, comment pourrais-je les oublier, lui et Sophie.

– Je sais qu'il vit toujours là-bas. Je vais l'appeler et voir dans quelle mesure il peut nous donner un coup de main pour retrouver Thabo.

Thierry et Sophie Forbacq se sont liés d'amitié avec Pierre et Maryline. Ils ont partagé ensemble parmi les plus belles années de leur vie dans ce quartier de Johannesburg.

Thierry Forbacq faisait partie de la Chancellerie de l'Ambassade de France. Il était Officier de sécurité, responsable de la protection des agents et des documents.

En cette qualité, il pouvait être amené à suppléer aux absences de l'ambassadeur, notamment en ce qui concerne le fonctionnement quotidien de l'ambassade ou de la représentation. Sa fonction lui permettait d'être en rapport régulier avec les autorités locales et notamment avec le

Johannesburg Metropolitan Police Department (JMPD), l'équivalent de nos préfectures de police.

Au bout de trois sonneries, Thierry Forbacq décroche :

– Oui, allo ! Thierry Forbacq à l'appareil.

– Thierry ! Bonjour, c'est Pierre Delpré.

– Ça alors ! Pierre. Ça fait si longtemps. Quel plaisir de d'entendre. Ne me dit pas que tu es à Johannesburg ?

– Et non, malheureusement. Je t'appelle de France, des Alpes du Sud où nous vivons maintenant, Maryline et moi.

Toujours aussi délicat, il me demande comment nous avons reconstruit notre vie après le drame de la mine.

– Que me vaut l'honneur de ton appel ? Que puis-je faire pour toi ?

Il n'a pas changé. Toujours prêt à rendre service.

Après avoir pris des nouvelles des uns et des autres, j'entreprends de lui raconter l'histoire dramatique que nous vivons. Il m'écoute attentivement, compatissant, aussi sincère qu'il sait l'être.

Touché par mon récit, il me répond qu'il fera tout pour retrouver les traces de Thabo Mathenjwa, grâce notamment aux bonnes relations qu'il a gardées avec la police sud-africaine.

Nous échangeons nos mails et autres coordonnées, nous promettons de nous revoir un jour et raccrochons.

Cette perspective nous rassure, Maryline et moi.

Pourvu que Thabo ne soit pour rien dans cette affaire.

14

Martin, assis sur le siège passager, semble s'agiter au fur et à mesure qu'ils approchent de la gendarmerie.

– J'veux pas aller en prison, répète-t-il à Lucien. C'est pas d'ma faute.

– Détends toi Martin. Ne t'inquiète pas. Je reste avec toi. On va tout expliquer aux gendarmes calmement. Ça va bien se passer, le rassure Lucien.

Lucien gare sa voiture sur le parking extérieur, en face du bâtiment.

– Bonjour, nous voudrions voir la personne chargée de l'enquête sur l'incendie du hameau de la Redonne, s'il vous plaît, demande Lucien au gendarme posté à l'accueil.

Comme beaucoup de gendarmeries en France, le lieu est vétuste et peu accueillant.

Le manque d'éclairage et les fenêtres devenues opaques par des mois d'abandon, rendent l'endroit sinistre. Six sièges en skaï, usés par le temps, n'invitent pas à s'asseoir. Exempt de climatisation, un ventilateur tente désespérément de rafraîchir la pièce, sans grand succès. Le chuintement permanent de la radio, entrecoupé de messages brefs, rappelle le fond sonore de certains films policiers.

Martin a les mains moites. Assis sur l'un des sièges, il trépigne sur place, secoué de tics et de gestes mal contrôlés.

Un homme, la quarantaine passée, ouvre la porte située à l'arrière du poste d'accueil et s'adresse à l'agent, qui, en guise de réponse, nous montre du doigt.

— Bonjour messieurs. Je suis le Capitaine Giordano. Que puis-je pour vous ?

Martin, de plus en plus nerveux, se rapproche de Lucien, l'air inquiet.

Il est vrai que Joss Giordano ne laisse pas indifférent. Mesurant 1m88, il impose le respect par sa stature. Une tête carrée, des cheveux coupés très courts et coiffés en brosse, de grands yeux noirs profonds qui semblent vous scanner dès le premier regard. Ses vêtements cachent sans doute un corps de sportif, taillé dans un roc, lui donnant un aspect indestructible.

— Nous souhaiterions vous parler de l'affaire du hameau de la Redonne, répond Lucien.

À l'évocation de ce lieu, le capitaine invite les deux hommes à le suivre. Au passage, il indique au Lieutenant Vandame de se joindre à eux.

Une fois installé, Joss Giordano leur demande de décliner leur identité, en préambule à leur échange.

— Voilà, j'accompagne Monsieur Lagier, car il a une révélation importante à vous faire concernant l'incendie, n'est-ce pas Martin ?

Martin, tête baissée, mains jointes entre ses deux genoux serrés l'un contre l'autre, toujours agité de soubresauts, reste muet, incapable de sortir le moindre mot.

Lucien, comprenant que son voisin a besoin de temps, reprend la parole.

— Il faut que vous sachiez que Monsieur Lagier souffre de troubles liés à son handicap et a grandi en se méfiant de tout et de tout le monde. Il s'est habitué à se réfugier et à se recroqueviller sur lui-même, le fermant à toute communication. C'est sa façon à lui de se protéger. Il est suivi au Centre Médico Psychologique de Briançon depuis de nombreuses années. Ce qu'il a à vous dire aujourd'hui est très difficile pour lui. Il va donc falloir lui laisser un peu de temps, pour qu'il reprenne confiance. Je peux pendant ce temps vous faire part de ce qu'il m'a avoué ce matin.

— Je vous en prie. Nous prendrons tout le temps nécessaire, vu l'importance de cette affaire, réplique le Capitaine.

— J'habite la maison en face de celle de Martin. J'étais sur la terrasse, quand tout à coup j'ai entendu des hurlements et des bruits de coups sur sa porte d'entrée. Je me suis précipité et au bout d'un moment, Martin a accepté de m'ouvrir. Il me connait très bien car je me suis pas mal occupé de lui avant et après le décès tragique de ses parents. Lorsqu'il m'a ouvert, il avait le visage en sang. L'arcade c'est toujours impressionnant, mais ça cicatrise facilement avec des Steri-strips.

— Peut-on en venir à ce qui nous intéresse, s'il vous plaît ? le coupe sèchement Joss Giordano

— Oui, bien sûr, s'excuse Lucien Faure.

– En pleine crise, Martin m'a avoué être l'incendiaire du chalet, qu'il avait répondu à une proposition financière d'un inconnu pour le faire, à la suite d'un contact téléphonique, mais il m'a juré immédiatement qu'il ne savait pas qu'il y avait des gens à l'intérieur. Vous savez, son handicap le rend très vulnérable et influençable. Cet inconnu devait connaître sa fragilité et l'a utilisée.

Martin, les yeux dans le vague, écoute la conversation sans y prendre part. Le Valium administré par Lucien agit sur son humeur et son esprit. À tel point qu'il se sent étranger à cette histoire.

Il repense à ses parents qui lui manquent terriblement.

– Pourquoi m'ont-ils laissé ?

Ce sentiment d'abandon l'envahit régulièrement, au point de leur en vouloir.

Soudain, la pièce s'assombrit, comme si la nuit était tombée sans prévenir. Un éclair déchire le ciel, annonçant le premier orage de l'été. La fenêtre se met à claquer violemment. Le Lieutenant Vandame se précipite pour la fermer.

– Monsieur Lagier, confirmez-vous ce que votre voisin vient de nous exposer ? Demande le capitaine.

À l'évocation de son nom, Martin lève les yeux vers le gendarme, se redresse et d'un grand coup de poing sur la table, jure qu'il se pendrait, plutôt que d'aller en prison ;

Surpris par cet accès de violence, Giordano recule d'un bond, alors que le lieutenant Vandame, par réflexe, porte sa main sur son Taser, prêt à en faire usage.

Lucien attrape immédiatement Martin par les épaules, lui ordonnant fermement de se rasseoir. Martin s'exécute immédiatement.

– Monsieur Lagier, je vous demande de vous contrôler. Vous ne pouvez pas agir ainsi. Nous ne sommes pas vos ennemis et si vous confirmez les dires de Monsieur Faure, nous vous mettrons sous la protection de la gendarmerie, à la condition que vous nous aidiez à démêler cette affaire, afin d'appréhender le véritable coupable.

A ces mots, Martin semble soulagé, s'excuse de son comportement et confirme ce que Lucien a évoqué aux gendarmes.

– Dîtes nous quand, comment et dans quels termes le commanditaire vous a contacté, enchaîne Joss Giordano.

– Il y a environ trois semaines, j'ai reçu un coup de téléphone d'un homme, me demandant si ça m'intéressait de gagner trois mille euros facilement. Au début, j'ai cru à une arnaque, mais, alors que j'allais raccrocher, l'homme m'a appelé par mon prénom, m'a parlé de mon handicap, de l'accident de voiture de mes parents…Il savait tout sur moi et mes parents. Il savait mème que j'étais dans la merde financièrement. Il m'a répété plusieurs fois que c'était sans danger et que personne ne saurait. Alors, j'ai dit oui.

– Avez-vous reçu de l'argent avant de passer à l'acte ? demande le Lieutenant.

– Oui, deux jours après le premier appel, il m'a rappelé et m'a dit qu'une enveloppe était cachée derrière ma maison, enfermant dans une poche plastique 900 € en espèces. Il m'a dit d'aller vérifier et qu'il me rappelait dans le quart d'heure. L'enveloppe y était et il a rappelé pour me dire qu'il me transmettrait des instructions précises, prochainement.

– Et donc, que s'est-il passé ensuite ? Quand vous a-t-il rappelé ? insista le Capitaine.

– Il m'a jamais rappelé, répondit Martin. Après, il me laissait régulièrement, au même endroit que les sous, des enveloppes contenants des instructions très précises, tapées à l'ordinateur.

– Dites-moi que vous les avez gardées ? renchérit Joss Giordano.

– Non, parce qu'il avait écrit en gros, sur chaque lettre, qu'il fallait les brûler LA VEILLE DE L'INCENDIE, sinon pas d'argent.

–Ok, reprend le capitaine Giordano. Il a bien fallu qu'il s'introduise dans votre jardin pour déposer l'argent et les enveloppes. Vous n'avez rien vu, rien entendu ?

– Oh, vous savez, Capitaine, mon jardin il est pas fermé. N'importe qui peut s'y trouver. C'est une petite maison dans le village.

– Et vous, Monsieur Faure ? Vous êtes voisins. Rien vu, rien entendu ? Demanda le lieutenant Vandame.

– Vous savez, Lieutenant, moi je travaille beaucoup et donc je suis souvent absent. Donc, non. Rien d'anormal en tout cas, répond Lucien.

Pendant ce temps, un rideau de pluie masque la lumière du jour et crée dans le bureau une atmosphère lugubre. Le plafonnier et la lampe orange des années 70 fixée sur le bureau du Capitaine ne suffisent pas à restituer à ce lieu un peu de chaleur. Sans trop d'imagination, on pourrait penser assister à une sorte de huis clos, se déroulant dans une ambiance pesante, alourdie par les fracas du tonnerre, le bruit de la pluie giflant les carreaux des fenêtres et le grincement des pales d'un ventilateur ayant trop tourné. On peut aussi y sentir la passion des acteurs livrant à un public imaginaire leurs meilleures répliques.

– Très bien messieurs. Nous allons en rester là pour aujourd'hui. Le Lieutenant Vandame va prendre votre déposition. Monsieur Lagier, pour des raisons que vous comprendrez, j'en suis certain, nous allons devoir enquêter sur vous ainsi que sur votre rôle dans ce drame. Cela signifie que nous allons rencontrer notamment la ou les personnes qui vous suivent au Centre Médico Psychologique, afin de mieux comprendre votre profil et déterminer ainsi, je l'espère, votre innocence. Votre dossier va être transmis au juge chargé de cette affaire. Vous devez donc rester à la disposition de la justice.

Martin ne cesse de regarder, de façon insistante, Lucien.

– Tu m'avais dit que j'irais pas en prison, lui hurle-t-il dessus. Pourquoi tu m'as trahi ? J'avais confiance en toi, moi !

– Mais Martin, je ne t'ai pas trahi. Regarde ! Tu sors libre. Ils ont juste besoin d'enquêter pour être bien sûrs. Ne t'inquiète pas, je serai toujours là. Je ne te lâcherai pas. J'ai promis à tes parents, tu te souviens ?

Seul Lucien était capable de canaliser Martin, de l'apaiser, de le calmer.

15

– Allo, Cuvelier ? c'est Giordano. Alors ces photos, elles ont parlé ?

– Pas encore, mais on y travaille. On va également poursuivre les investigations auprès des familles Debruyne et Dubois. Y a un truc qui me chiffonne, mais je ne sais pas encore quoi, répond le capitaine lillois.

–Si on trouve le gars des photos, on fait un grand pas. Tenez-moi au courant.

Joss Giordano raccroche le premier.

Alain Cuvelier sait qu'il peut se fier à son instinct. Il sent les choses, les situations et se trompe rarement. Il a toujours conduit sa carrière ainsi. Formé à l'école des officiers de la Gendarmerie nationale de Melun, il était toujours plus sûr de ses intuitions plutôt que des théories avancées par l'enseignement reçu. Doté d'un coefficient intellectuel supérieur à la moyenne, on faisait régulièrement appel à lui pour démêler certaines affaires, sur lesquelles d'autres butaient.

Sa force est sa capacité à déchiffrer des regards, à analyser une attitude, un geste ou un simple tremblement dans la voix à la suite d'une question posée. Dès qu'il repère ces signes, il sent une piste qu'il exploite alors à fond.

En l'occurrence, il sent que les familles des victimes cachent, volontairement ou pas, quelque chose.

Mais quoi ?

Pourquoi ont-elles été, à priori à leur insu, espionnées par ce photographe inconnu ? Quasiment au même moment et dans la même région. Il est convaincu qu'un lien existe entre ces photos et le drame.

Il décide de reprendre contact avec le couple Debruyne et Madame Dubois.

– Bonjour Madame Debruyne, désolé de vous déranger, je sais que le moment n'est jamais bien choisi dans pareilles circonstances, mais il faut que je vous voie, avec votre époux, pour clarifier certaines choses. Puis-je passer cet après-midi, vers 15h, à votre domicile ?

Myrtille Debruyne n'a d'autre choix que d'accepter.

Le Capitaine Cuvelier, avant de se rendre chez les Debruyne, convoque le Lieutenant Desprez, afin de faire un point complet sur l'affaire.

– Bon, qu'est-ce qu'on a ? Deux familles, d'apparence sans histoires, mais qui se retrouvent chacune prises en photo par à priori le même inconnu, à quelques jours d'intervalle, quelques semaines avant l'incendie. Madame Dubois et Madame Debruyne semblent totalement dévastées par ce drame. Quant à Monsieur Debruyne, je le trouve plus en retrait, muré dans son silence, comme s'il redoutait d'avoir à s'exprimer. Soit c'est là sa façon de réagir et quelque part de se protéger, soit il tait quelque chose qui pourrait avoir un lien avec cette histoire. Cet après-midi, même si cela peut sembler dur, nous devons essayer de le faire parler.

Matthieu Debruyne est un homme d'un naturel taiseux, voire sombre. D'un abord plutôt froid, il ne facilite pas le contact avec les autres. En tant que chirurgien orthopédiste, il était connu pour sa précision et son exigence. Si l'un de ses collaborateurs commettait la moindre erreur, il lui lançait un regard qui, à lui seul, le lui faisait réaliser et comprendre qu'il fallait corriger immédiatement la faute.

Le Capitaine Cuvelier et son adjoint se présentent devant l'interphone, à 15 heures précises.

– Montez, Capitaine, nous vous attendions, répond Madame Debruyne.

– Merci de nous recevoir à nouveau. Comment vous sentez-vous, depuis notre dernière rencontre ?

– Je crois que nous ne réalisons toujours pas vraiment. Vous savez, l'absence de corps empêche le deuil. Les voir une dernière fois nous aiderait beaucoup, je pense, mais nous savons que cela est malheureusement impossible, répond Myrtille.

Alain Cuvelier jette en même temps des regards vers Matthieu Debruyne, dans l'espoir de repérer les signes marquants d'une éventuelle réaction…Mais rien. Aucune émotion n'est perceptible sur le visage ou dans le comportement de ce dernier.

Le Capitaine décide de démarrer l'entretien.

– Pour les besoins de l'enquête, nous devons vous poser un certain nombre de questions, vous concernant ainsi que vos enfants. Tout d'abord, lors de notre première visite chez vous et à l'hôpital, auprès de Madame Dubois, nous avons mis la main sur deux photos.

Il sort de sa poche son téléphone portable et affiche en mode paysage les photos en question.

Les Debruyne s'approchent de l'appareil et reconnaissent immédiatement la photo les concernant.

– Et donc ? Demande Matthieu Debruyne, d'un ton glacial.

– Et bien, figurez-vous que ces photos ont un point commun. Puis-je vous demander de les regarder attentivement ? relance le gendarme.

Myrtille ne comprend pas où le policier veut en venir. Matthieu, lui, commence à laisser apparaître de légers signes de nervosité.

– Venez en au fait, lâche-t-il brutalement.

– Vous avez raison. En arrière-plan de chacune de ces photos, on aperçoit clairement un homme épiant votre famille et celle des Dubois, son téléphone portable orienté vers vous, comme s'il vous filmait ou capturait des images.

À cette évocation, Matthieu Debruyne se retourne et sort de sa poche un mouchoir, avec lequel il se tapote le front. Manifestement, cette découverte faite par les gendarmes le perturbe.

Le Capitaine le sent immédiatement et s'engouffre dans la brèche.

– Monsieur et madame Debruyne, avez-vous des raisons de penser que quelqu'un en voulait à votre famille ?

Myrtille répond que non, qu'elle ne comprend pas pourquoi quelqu'un leur en voudrait, au point de tuer leur fils, sa femme et ses enfants. Elle s'assit sur l'un des fauteuils, la tête dans les mains, réclamant un verre d'eau. Son corps se recroqueville, donnant l'impression de vieillir presque en direct. Des larmes se mettent à couler sur son visage, roulant lentement dans le creux de ses rides.

Le lieutenant s'occupe d'elle pendant que le capitaine s'approche lentement de son mari.

– Monsieur Debruyne, je comprends que pour vous, ne pas connaître la raison de ce drame, doit être insupportable. Je pense cependant qu'il y a quelque chose qui vous préoccupe et que vous ne souhaitez pas dévoiler. Aidez-nous à avancer. Même si ce que vous gardez pour vous, vous semble sans rapport, dites-le-nous. On ne sait jamais.

A ces mots, Matthieu se ferme à double-tour, marmonnant qu'il n'a rien à cacher.

D'instinct, Alain Cuvelier sent qu'il tient une piste sérieuse. Il salue le couple et fait signe à son lieutenant pour partir.

Dans la voiture, il confirme à Frédéric Desprez qu'il est certain que Monsieur Debruyne a une part de responsabilité dans ce drame. Arrivé au bureau, il rédige auprès du juge d'instruction chargé de l'affaire, une demande de perquisition à leur domicile.

16

Pendant ce temps, à Briançon, Pierre et Maryline vivent dans l'attente de l'appel de Thierry Forbacq.

Pourquoi met-il tant de temps à revenir vers eux ? Aurait-il découvert une vérité difficile à avouer ? Non, Thierry Forbacq n'est pas du genre à trembler. S'il n'appelle pas, c'est qu'il n'a pas encore d'information au sujet de Thabo Mathenjwa.

C'est à ce moment que le téléphone de Pierre se met à entonner « The sound of silence ». Le nom de l'appelant s'affiche.

– Bonjour Thierry, alors ? Des nouvelles ? Tu as pu retrouver la trace de Thabo ?

– Bonjour Pierre. Oui, j'ai des infos. J'ai une bonne et une mauvaise nouvelle. La bonne est que Thabo n'est pour rien dans ton histoire, la mauvaise est qu'il est mort il y a deux ans, foudroyé par un cancer du pancréas. Il laisse une femme et quatre enfants, qui sont des adultes maintenant. Je suis désolé.

– Oh mon Dieu, c'est affreux. J'étais certain qu'il n'était pour rien dans notre affaire…Et pour cause. Merci en tout cas Thierry de t'être chargé de cette recherche. Je vais pouvoir l'annoncer à la gendarmerie de Briançon.

Après un échange de politesses, Pierre raccroche et s'empresse de chercher dans son répertoire le numéro de téléphone de Joss Giordano pour lui transmettre l'information.

– Merci de m'avoir prévenu, Monsieur Delpré. Cela élimine une piste, même si j'aurais préféré que ce soit la bonne, lui avoue -t-il. Mais, selon vous et vu le nombre de familles touchées lors de l'inondation de la mine, ne pensez-vous pas que d'autres parents ou amis de victimes pourraient vous en vouloir, au point de se venger ?

Remuer ce souvenir est particulièrement douloureux pour Pierre. À nouveau, il a le sentiment d'être rattrapé par ce cauchemar. À chaque évocation de ce drame, une partie de son cerveau réactive en détail cette terrible journée. Il sent alors monter en lui des sueurs froides, des picotements au bout des doigts et des bouffées d'angoisse. La condamnation prononcée par la justice et le fait qu'il se soit acquitté de sa dette, ne peuvent pas effacer les faits et cet énorme sentiment de culpabilité.
J'ai agi en m'appuyant sur les données météorologiques, se dit-il sans cesse, comme pour occulter une partie de sa responsabilité. Il en voulait toujours à Raphaël, son oncle, de l'avoir littéralement abandonné face à cet événement. Son appui, même si sa responsabilité restait entière, lui aurait permis de se sentir soutenu et accompagné. Il aurait eu quelqu'un de proche, en plus de son épouse, pour l'aider à surmonter cette épreuve.

– Comment voulez-vous que je réponde à cette question, Capitaine ? Bien sûr que ces malheureux doivent m'en vouloir. Les 50 personnes décédées dans cette tragédie représentent au moins 150 à 250 personnes directement affectées. Je ne sais pas quoi vous dire…

– Je comprends bien. Mais n'y a-t-il pas une ou plusieurs personnes, qui, en dehors de Thabo Mathenjwa, sortent du lot lors du procès, montrant plus d'agressivité à votre encontre, par exemple ? C'est important, Monsieur Delpré. Encore une fois, il ne nous faut négliger aucune piste, dans ce type d'affaire.

Pierre n'en n'a pas le souvenir. La conversation téléphonique entre le capitaine et Pierre Delpré s'arrête là.

La piste de Thabo Mathenjwa éliminée, Pierre se sent à la fois rassuré, mais aussi perdu. Si ce n'est pas Thabo, qui cela peut-il être ? L'assassin en voulait-il à eux ou à leurs locataires ? Cette dernière hypothèse semble totalement décalée, tant cette famille avait l'air saine, équilibrée et sans histoire.

Maryline, sentant son mari déstabilisé par cet échange, s'approche de lui et lui passe les mains dans les cheveux. Elle se tient debout, à l'arrière du canapé sur lequel Pierre est assis. Elle commence à lui masser la tête, comme elle sait si bien le faire. Au toucher délicat de ses doigts, Pierre commence à se détendre. Ses épaules, crispées jusqu'alors, se relâchent progressivement. Il déplie lentement ses jambes jusqu'à laisser glisser le haut de son corps vers l'extérieur du canapé, ce qui lui permet de poser sa nuque sur le haut du dossier et d'apprécier pleinement le massage de Maryline.

C'est sa façon à elle d'aider son époux dans les moments difficiles. Elle n'a jamais appris cette technique de massage. Elle a ça en elle et y prend beaucoup de plaisir.

17

Le capitaine Giordano met en place un dispositif de surveillance et de sécurité 24 h/24 auprès de Martin Lagier à Puy Saint Pierre et charge le lieutenant Vandame d'enquêter sur l'incendiaire du Chalet.

Il faut des résultats. Les médias, comme à l'habitude face à une telle affaire, avides de sensationnel, ont l'art de mettre la pression aux enquêteurs. Il faut les alimenter pour si possible garder la main sur l'enquête.

Joss Giordano les convoque, avec la permission du juge, pour une conférence de presse.

– Mesdames et Messieurs, merci d'avoir répondu présent à notre invitation. Cette affaire, qui s'annonce complexe, a profondément marqué le territoire. J'ai tout d'abord une pensée émue pour les familles endeuillées et en particulier les parents et grands-parents des victimes.

Voilà précisément où nous en sommes aujourd'hui : Nous connaissons l'identité de l'incendiaire du chalet du hameau de la Redonne. Il est venu de lui-même, accompagné par l'un de ses voisins, nous livrer ses aveux. C'est un individu qui vit seul dans un village du briançonnais. Nous avons des raisons de penser que cette personne, reconnue comme fragile, s'est fait manipuler par un commanditaire. Nous l'avons mise en sécurité. À ce stade, et après avoir éliminé une piste nous menant en Afrique du Sud, nous enquêtons sur un individu apparaissant sur deux photos retrouvées chez les parents des victimes vivant à Lille. Aujourd'hui, nous ne connaissons toujours pas le mobile de cette affaire et travaillons étroitement avec nos collègues du Nord pour aboutir à la résolution de cette tragédie.

Nous vous tiendrons informés de l'avancée de l'enquête. Avez-vous des questions ? conclue Joss Giordano.

– Victor Legrand, de France télévision. Capitaine, pourquoi l'Afrique du Sud ?

Le Capitaine explique le lien entre le propriétaire du chalet et Johannesburg, mettant en avant le sentiment de vengeance qui aurait pu animer des parents de victimes, à la suite de l'accident de la mine d'or.

– Frédéric Lepoutre, du Dauphiné libéré. Il se dit que le chalet de Monsieur et madame Delpré n'avait jamais été ramoné, du moins par un professionnel. Qu'est-ce qui prouve qu'il ne s'agit pas d'un simple accident ?

– Je vois que vous êtes bien renseignés. Le détail des aveux est suffisamment précis pour nous permettre de penser qu'il s'agit d'un acte volontaire. De plus, je vous rappelle que nous avons trouvé, à proximité du chalet, un bidon d'essence vide ainsi qu'une trainée noire d'herbe brûlée sur 20 mètres, menant au bâtiment. Je vous le redis : Il s'agit bien d'un meurtre, sans doute prémédité.

La séance de questions étant terminée, le capitaine invite les participants à se lever et à sortir. Au fond de la salle, un homme, une capuche sur la tête, range son téléphone dans sa poche et quitte la pièce. Sur le parking, il monte dans sa voiture et démarre. De quelles photos parle-t-il, se demande-t-il ? Il ne comprend pas.

Il est 20 heures. Martin aime ce rendez-vous avec l'actualité. Il allume le poste de télévision, sur France 2.

– Bonsoir, bienvenue dans le 20 heures de France 2. Nous sommes le jeudi 25 juillet. Voici les titres du journal :

« C'est demain, et nous pouvons vous dévoiler les temps forts de la cérémonie d'ouverture des Jeux Olympiques.

La France accueille les grands de ce monde dès ce soir : Emmanuel Macro, reçoit des dizaines de chefs d'état, pour un dîner sous la pyramide du Louvre, sous haute sécurité.

Une partie des forêts du Var en alerte orange : Nous serons à bord d'un bombardier de la sécurité civile en surveillance au-dessus des massifs forestiers

Le typhon Gaémi est arrivé dans l'est de la Chine, après avoir semé le chaos aux Philippines où il a fait vingt morts puis à Taïwan où cinq personnes ont perdu la vie.

Enfin, l'affaire du chalet incendié à côté de Briançon. L'incendiaire s'est rendu de son plein gré à la gendarmerie de Briançon. Il aurait été victime d'une manipulation, du fait de sa fragilité psychologique. Qui est donc le commanditaire de cet horrible drame, qui je vous rappelle a coûté la vie de quatre personnes dont deux enfants »

À l'évocation de l'affaire, Martin fonce chez Lucien. Tel un enfant, il se met à hurler :

– Lucien, Lucien, viens voir. Ils parlent de moi à la télé.

Lucien enfile précipitamment sa veste et suit Martin jusque chez lui.

Une fois les premiers reportages passés, le sujet de l'incendie du chalet est annoncé :

Victor Legrand, journaliste, apparaît sur l'écran, devant la gendarmerie de Briançon.

– Bonsoir Anne-Sophie. En effet, aujourd'hui, nous apprenons de la gendarmerie que l'incendiaire est identifié. Il habite dans un petit hameau situé au-dessus de Briançon. Il s'est rendu hier à la gendarmerie, de son plein gré, accompagné d'un de ses voisins. Il a avoué être l'incendiaire du chalet. C'est une personne très fragile psychologiquement. Cette fragilité lui vient de son handicap de naissance qu'il n'a à priori jamais assumé. Un individu l'aurait identifié comme tel et l'aurait manipulé, notamment en lui proposant de l'argent pour qu'il mette le feu à ce chalet. Mais il semblerait qu'il n'était pas informé que le chalet était occupé à ce moment-là par une famille en vacances. Il a dit avoir vu deux personnes en feu sauter du balcon et c'est à ce moment qu'il a paniqué et qu'il est parti en courant. Après une nuit passée dans les bois, il est rentré chez lui et après s'être confié à son voisin, il est allé livrer ses aveux aux gendarmes. Il est actuellement en résidence surveillée chez lui. Les questions qui restent en suspens sont : Qui est le commanditaire de ce drame ? Y avait-il intention de tuer ? Si oui, quelle serait la nature du mobile pour mener une action aussi terrible ? Voilà tout ce que l'on sait aujourd'hui. L'affaire est semble-t-il loin d'être résolue. Pour France 2, à Briançon, Victor Legrand.

Martin éteint le poste. Il est en train de réaliser que toute la France parle de lui, maintenant. Il est pris de vertiges.

– Tous les gens vont croire que je suis un débile, maintenant. Un gars sans cerveau qu'on peut facilement manipuler.

Martin a les yeux dans le vague, légèrement humides. Il se demande si ses parents peuvent être au courant, de là où ils sont.

– Ils doivent se dire qu'ils ont tout raté avec moi. Je ne suis qu'un minable, un pauvre handicapé et en plus à moitié fou. J'ai tué quatre personnes, sans le savoir, mais je les ai tuées. Tout ça pour trois milles balles.

Il se met à sangloter puis à pleurer. Lucien le serre contre lui, à court de mots. Il est bouleversé par la réaction de Martin, mais s'est engagé auprès de ses parents et il tiendra parole.

– Écoute-moi Martin. Ce qui est fait, est fait. On ne peut plus revenir dessus. Je comprends ta souffrance, que cela te fasse mal. Je vais t'aider à surmonter cette épreuve, comme je l'ai promis à tes parents et à toi-même. Même les policiers ont compris que tu ne pouvais pas être tenu comme responsable de cette tragédie. Tu n'iras donc pas en prison. Il y aura certainement un procès le jour où ils trouveront le vrai responsable et tu seras convoqué. Mais rapidement, les juges comprendront que tu n'y étais pour rien. Attends-moi là, je reviens.

Lucien tend un comprimé de valium à Martin, qu'il avale avec un verre d'eau. Il est 21h30. Martin s'endort sur le canapé, l'air apaisé. Après l'avoir recouvert d'une étole, Lucien rentre chez lui.

Ce matin est un matin comme on les aime dans cette région. Il faut dire que la vue de Puy Saint-Pierre sur la vallée et les sommets alentour est magnifique. Le parfum des mélèzes, le ciel bleu azur et le ballet incessant des choucas et autres geais offrent à cet instant des allures de paradis. Il est 7h30. Lucien, assis sur sa terrasse, une tasse de café à la main, savoure le moment. Aujourd'hui, il ne travaille pas. Il va donc pouvoir s'occuper de Martin.

7h45- Il chausse ses baskets et part courir au-dessus du hameau. Après 350 mètres de dénivelé positif, il décide de redescendre par la route. Une fois douché, il s'habille et se rend chez Martin.

Il est 9h15- Il frappe à la porte. Pas de réponse.

—Martin, Martin ! ouvre-moi, c'est Lucien…

Toujours rien. Il commence à s'inquiéter. Il sait qu'un double des clefs est caché sous une pierre, à l'arrière de la maison. Il le récupère et l'introduit dans la serrure. Impossible d'ouvrir. Martin a dû laisser la clef de l'autre côté.

—Martin, Martin ! Lucien tambourine à la porte, tape sur les carreaux des fenêtres. Toujours pas de réponse.

Pris de panique, Lucien décide de casser la vitre de la fenêtre de la cuisine et réussit ainsi à atteindre la poignée. D'un bond, il se précipite dans la pièce. Il n'y a pas un bruit. La maison est sombre, marquant un contraste avec l'extérieur si lumineux. Une odeur âcre mêlée à de l'encens flotte dans l'air. Lucien avance à petits pas, les remontées de transpiration de son footing se mélangeant avec celles de la crainte qu'il ressent. Il traverse le salon.

Martin n'est plus là où il l'a laissé hier soir, sur le canapé. Sur la table basse, le cachet de valium est posé, intact. Son angoisse monte au fur et à mesure qu'il ouvre les pièces. Il fournit un effort considérable pour réussir à pousser la porte de la salle de bain.

Martin est là, le visage gonflé et décoloré, les muscles contractés et rigides, le cou tordu, suspendu par une corde, au-dessus de la baignoire dont le fond est maculé de sang. Non seulement Martin s'est pendu mais en plus il s'est ouvert les veines du bras gauche, comme s'il voulait être certain de réussir son coup. Sa langue est sortie de la bouche, projetée sans doute violemment à cause de la pression exercée sur sa gorge et ses yeux légèrement exorbités.

À cette vue, Lucien recule, sort de la salle de bain et se met à vomir dans les toilettes. Une fois remis, il compose le 18.

18

Le capitaine Cuvelier se présente au domicile de Monsieur et Madame Debruyne, accompagné de son lieutenant et de quatre gendarmes, mandat de perquisition à la main.

– Oui, qui-est-ce ? Demande Myrtille d'une voix nasillarde, déformée par l'interphone.

– Gendarmerie de Lille, annonce le capitaine. Merci de nous ouvrir Madame Debruyne.

– Montez. Je vous en prie

Une fois devant la porte de l'appartement, le capitaine sort son mandat, signé par le juge.

À cette vue, Matthieu réagit.

– De quel droit faites-vous cela ? s'écrie-t-il. Vous n'avez pas honte de nous harceler de la sorte dans une période pareille.

– Monsieur, les conséquences de ce drame et l'enquête qui en découle nécessitent de ne rien laisser au hasard. Nous devons donc procéder à une inspection de votre logement et sans doute à la saisie de quelques objets tels qu'ordinateurs, photos…D'ailleurs, merci de me dire où se trouvent votre ou vos ordinateurs et de nous fournir les codes d'accès. Vous devez également nous donner votre accord comme le prévoit la loi, afin que nous puissions procéder à cette perquisition.

Matthieu se montre très agité, laissant percevoir un malaise évident face à cette opération. Il refuse de signer le document tendu par le Capitaine.

Myrtille se rapproche de lui et d'un ton calme lui dit qu'ils n'ont rien à cacher et donc qu'il faut accepter afin de faciliter l'avancée de l'enquête.

Matthieu et Myrtille signent l'autorisation.

Alain Cuvelier est certain de trouver quelque chose qui permettra l'avancement de l'enquête.

En un peu moins d'une heure, les gendarmes ont copié les disques durs des 2 ordinateurs, ainsi que leurs deux téléphones portables. Ils font également des clichés de plusieurs photos exposées dans les pièces.

Myrtille ne marque aucune opposition, contrairement à son mari qui ne cesse de suivre les policiers.

À l'issue de la perquisition, le capitaine Cuvelier dresse le procès-verbal contenant la liste des objets saisis, les place sous scellés, puis fait signer les époux Debruyne.

Une fois retourné à la gendarmerie, le capitaine ordonne au lieutenant de réunir une équipe afin de procéder à l'analyse des données des deux ordinateurs ainsi que des portables. Il veut des résultats sous 48 heures maximum.

Pendant ce temps, chez les époux Debruyne, la tension est palpable. Myrtille s'inquiète du comportement de son mari. Il est enfin sorti de son état léthargique, mais semble plus angoissé et nerveux que d'ordinaire. Il tourne en rond dans la pièce principale de l'appartement, marmonnant des mots inaudibles.

– Chéri, que se passe-t-il ? Qu'est-ce qui t'arrive ? Depuis la venue des gendarmes, je te trouve très agité. Dis-moi ce qui ne va pas ?

Matthieu refuse de se livrer à son épouse, affirmant que tout va bien.

– C'est faux. Je vois bien que quelque chose te tracasse ! Tu peux m'en parler tu sais ?

Pendant ce temps à la gendarmerie, les enquêteurs dissèquent les données copiées sur le disque dur externe. Ce travail risque de leur prendre pas mal de temps, mais il est absolument nécessaire. Il ne faut rien laisser passer et pour cela, l'équipe est particulièrement bien organisée.

Le lieutenant les a regroupés par binôme, assignant à chacun une tâche bien précise : chacun d'eux devant un écran. L'un ouvre les fichiers et autres courriels, l'autre scrute consciencieusement les éléments contenus et les classe en fonction des thèmes. Pour l'instant, aucune donnée susceptible d'avoir un lien avec l'affaire n'attire leur attention.

Matthieu, les mains moites, s'assied à la table de la salle à manger et demande à sa femme de s'approcher. Myrtille est inquiète. Elle voit bien que son mari lui cache quelque chose.

– Voilà, Myrtille. Tu dois savoir.

En même temps qu'il se prépare à parler, il essuie ses mains sur son pantalon, signe marquant la difficulté qu'il a à dévoiler sans doute quelque chose de très important.

Il prend une grande respiration et se lance :

—Comme tu le sais, j'ai arrêté définitivement de travailler il y a tout juste deux ans. Quelques jours avant de quitter la clinique, j'ai reçu en urgence un gamin de douze ans souffrant d'une cardiopathie coronarienne, pour faire simple une insuffisance cardiaque, liée à un rétrécissement mitral. Cette insuffisance handicapait fortement ce jeune garçon qui ne pouvait pas mener une vie normale, pratiquer du sport, jouer avec d'autres enfants de son âge…Ses parents voulaient donc un avis, pour voir si une opération pouvait améliorer son état et lui permettre de vivre normalement. Je les ai rassurés en leur confirmant que, bien que ce type de déformation soit de plus en plus rare, il suffisait de procéder à une simple intervention, consistant à élargir la valve cardiaque mitrale grâce à la mise en place d'un ballonnet.

Myrtille commence à s'affoler.

– Que s'est-il passé ? Il y a eu un problème ? s'impatiente-t-elle.

Matthieu transpire ; Il se lève et se sert un verre d'eau dans la cuisine.

—L'enfant…L'enfant n'a pas survécu à l'opération, dit-il, la voix tremblotante. Il a fait une allergie aux produits de contraste, allergie que nous n'avions pas détectée. On a tout essayé pour le sauver mais en vain.

Matthieu, soulagé de s'être confié, s'effondre sur la table et se met à pleurer.

—Mon pauvre chéri, pourquoi as-tu gardé ce poids pour toi ? Pourquoi ne m'en-as-tu jamais parlé ?

—Je ne pouvais pas en parler, car avec l'équipe, on a décidé de nous couvrir, compte tenu de notre négligence par rapport à son allergie. Je sais, c'est horrible, mais on était paniqués à l'idée d'être attaqués par la famille. C'était ma dernière intervention, tu te rends compte…Celle de trop. Moi qui n'ai jamais failli.

Myrtille tente de le calmer, malgré l'angoisse qui monte en elle.

– Mais quel est le lien entre ce drame et ce qui est arrivé à notre famille ?

Matthieu se sert à nouveau un verre d'eau et revient s'asseoir à la table.

– Cela fait plus d'un an que quelqu'un, qui est le père de l'enfant, je pense, me menace de représailles. Il m'a notamment menacé plusieurs fois de tuer les nôtres pour comprendre ce que cela fait de perdre un enfant.

Myrtille est livide. Ne sachant quoi répondre, elle se lève à son tour et, prise d'un malaise, s'effondre sur le sol.

Matthieu se jette sur elle.

– Myrtille, Myrtille ! Il essaie de lui faire reprendre connaissance mais en vain.

Il se rue alors sur son téléphone et appelle les pompiers. Quinze minutes plus tard, elle est prise en charge et amenée à l'hôpital.

Alors qu'il est en train de quitter l'appartement, Matthieu entend un téléphone vibrer. C'est celui de Myrtille. Un numéro inconnu s'affiche.

– Matthieu Debruyne !

– Bonjour Monsieur Debruyne, Capitaine Cuvelier à l'appareil.

Matthieu lui coupe sèchement la parole.

– Désolé Capitaine mais ma femme vient d'être admise aux urgences du CHU, à la suite d'un malaise. Il faut que je la rejoigne. Il raccroche brutalement.

Le gendarme est surpris à la fois par le ton employé mais aussi par le manque d'assurance dans la voix de Matthieu Debruyne. Le stress, sans doute, se dit-il.

Deux heures plus tard, il décide de se rendre au service des urgences du CHU.

Le CHU de Lille, c'est près de 3200 lits, répartis dans un complexe immobilier énorme. Le hall d'accueil fait penser à une fourmilière. Un va-et-vient incessant de visiteurs, patients, personnels médicaux. On se croirait dans une ruche, où chacun sait ce qu'il doit faire et où il doit aller.

– Bonjour, Capitaine Cuvelier de la gendarmerie de Lille. Une certaine Myrtille Debruyne vient d'être admise au service des urgences. Il faut que je la voie.

L'hôtesse d'accueil quitte son poste pour accompagner le capitaine. Après un bon quart d'heure de déambulation dans un dédale de couloirs et autres ascenseurs, ils arrivent à destination.

– Bonjour Véro, tu as dû admettre Madame Debruyne ce matin. Le Capitaine souhaite la voir dans le cadre d'une enquête.

Alain Cuvelier se dirige vers le box 102 où se trouvent Matthieu et Myrtille.

– Bonjour Messieurs dames. Que vous est-il arrivé Madame Debruyne ? Le capitaine est certain de découvrir quelque chose de caché par le couple, depuis le début de l'enquête.

Myrtille regarde son mari fixement. Il comprend alors qu'il est temps de dévoiler ce qu'il a vécu. Il n'a plus le choix.

– Capitaine, ce que je vais vous dire là est très difficile pour moi. C'est pourquoi je n'ai pas pu me livrer avant. Je ne sais pas si cela a un lien avec le décès de nos enfants, mais en tout cas, le temps est venu, pour moi, de tout vous raconter.

Matthieu explique en détail l'échec dramatique de sa dernière opération et ses conséquences. Il avoue également que l'ensemble de l'équipe et lui-même ont décidé de couvrir son erreur. Son équipe ne voulait pas qu'il parte à la retraite avec, sur le dos, un procès déclenché par la famille et dont la condamnation était écrite d'avance. Il conclut en disant qu'il était le seul et l'unique responsable, en tant que chirurgien. C'était à lui de vérifier que toutes les précautions avaient été prises en amont de l'intervention.

– Merci pour ce récit, Monsieur Debruyne. Vous pensez qu'il peut y avoir eu vengeance des parents du garçon sur votre famille ?

C'est à ce moment qu'il avoue recevoir des mails de menace de mort sur sa famille, depuis un peu plus d'un an, mails que l'équipe de la gendarmerie découvriront tôt ou tard, à la suite de l'examen des disques durs de son ordinateur.

– Avez-vous pu identifier l'expéditeur de ces mails ? Êtes-vous certain qu'il s'agisse des parents de l'enfant ? Demanda le capitaine.

– L'adresse électronique a sans doute été créée en vue de ces menaces. C'est la seule et unique erreur professionnelle de ma carrière. J'étais reconnu comme le grand spécialiste de ce type d'intervention. Alors, oui, j'en suis absolument certain, répond Matthieu, d'un ton assuré.

Même si Matthieu est conscient des conséquences de tels propos, il se sent libéré de ce poids, même s'il sait que le sentiment de culpabilité lié à ce manquement grave ne le quittera jamais.

– Très bien, Monsieur Debruyne. Merci de vous être confié. Je vous demanderai de venir à la gendarmerie afin que nous puissions enregistrer vos aveux. Vous rappelez-vous le nom de cette famille ? poursuivit le capitaine.

– Comment pourrais-je l'oublier ? Il me hante le jour et la nuit depuis deux ans. Il s'agit de Yvan et Clothilde Lequeux, les parents du petit Rémy. À l'évocation du prénom de l'enfant, Matthieu Debruyne laisse s'échapper une larme sur sa joue.

19

En sortant de l'hôpital, Alain Cuvelier appelle immédiatement Joss Giordano.

Il lui fait part des aveux qu'il vient de recevoir du père de Gabriel Debruyne. Joss Giordano en profite pour annoncer à Alain Cuvelier le suicide de Martin Lagier, par pendaison. Les aveux de Matthieu Debruyne tombent à point et permettent de relancer l'enquête.

– Je vais convoquer dès aujourd'hui les époux Lequeux et vous tiens au courant.

Le capitaine Lillois raccroche.

Yvan et Clothilde Lequeux vivent dans la cité HLM les aviateurs au sein du quartier des Bois Blancs à Lille. Ce quartier, en pleine rénovation, a été bâti à proximité des rives du canal de la Deûle, permettant ainsi la valorisation des espaces naturels en milieu urbain et participant à l'amélioration de la qualité de vie de ses habitants.

Lorsqu'ils ont emménagé, Rémy avait 5 ans. Leur appartement de 75 m^2 comprend trois chambres, une salle de bain et une grande pièce à vivre d'environ 35 m^2

intégrant une cuisine ouverte, séparée par un comptoir. Un balcon de 12 m² longe la pièce principale ainsi que la chambre des parents.

Malgré la maladie de leur fils, ils étaient heureux. Ils ont tissé, dans cette cité, des liens d'amitié très forts avec certains de leurs voisins. Le jour de ses 10 ans, les parents et grands-parents de Rémy lui ont offert un bébé golden de deux mois et demi. Ce fût sans doute le plus beau jour de sa vie. Des photos de Rémy et son chiot trônent sur le buffet du salon.

L'interphone retentit, d'une sonnerie stridente.

– Oui c'est qui ? Répond Clothilde.

– Lieutenant Desprez de la gendarmerie de Lille. Merci de m'ouvrir, s'il vous plaît.

Sept étages plus tard, le lieutenant se retrouve sur le palier des Lequeux.

– Bonjour Madame. Votre mari est-il là également ?

– Oui, bien sûr. Entrez, je vous en prie.

– Je suis venu vous remettre une convocation, à tous les deux, à la gendarmerie de Lille, pour demain matin 9 heures. Nous souhaitons vous entendre sur le décès de votre fils, il y a deux ans, à la suite de son intervention chirurgicale.

– Pourquoi ? Que se passe-t-il ? Je ne comprends pas ! réagit Yvan.

– À ce stade, je ne peux pas vous en dire plus. Désolé. À demain.

Frédéric Desprez salue les Lequeux, tourne les talons et laisse le couple abasourdi par cette visite.

Après une nuit quasi blanche, tourmentés par l'injonction reçue la veille, le couple se présente, un quart d'heure en avance, à l'accueil du poste de gendarmerie.

– Bonjour, nous sommes convoqués par le Capitaine Cuvelier, annonce Yvan Lequeux.

– Très bien. Merci de vous asseoir. Je le préviens.

Dix minutes plus tard, Yvan et Clothilde Lequeux se retrouvent dans le bureau, face au capitaine Cuvelier et au lieutenant Desprez.

– Bonjour, entame le capitaine sans lever la tête. Il leur indique d'un geste de s'asseoir sur les deux sièges disposés face à lui.

Stratégiquement, il est nécessaire, dans ce genre d'interrogatoire, d'instaurer un climat froid et suspicieux. Alain Cuvelier le sait et maîtrise parfaitement ce genre d'exercice. Il ne propose ni café, ni verre d'eau aux époux Lequeux et laisse passer quelques secondes. Il scrute le couple, attentivement, d'un regard glacial, à l'affût de la moindre réaction.

– Nous vous avons convoqués dans le cadre d'une enquête que nous menons actuellement avec nos collègues des Alpes du Sud. Je suppose que vous avez entendu parler de l'incendie dramatique du chalet proche de Briançon ? demande sans détour, le capitaine.

– Euh, oui, bien sûr. Comme tout le monde. Quel rapport avec nous ? interroge Yvan Lequeux.

– Eh bien, figurez-vous que les victimes sont ni plus ni moins que le fils, la belle-fille et les petits-enfants du professeur Debruyne, le chirurgien qui a opéré votre fils, avec les suites dramatiques que l'on connaît.

Le capitaine marque volontairement un temps, afin d'observer les réactions que cette information provoque chez eux.

Yvan Lequeux écarte les bras en haussant les épaules, signe marquant son incompréhension. Il réplique quasi instantanément.

– Mon dieu, c'est horrible. Pauvres gens. Mais je ne comprends pas le rapport avec nous, Capitaine.

Alain Cuvelier sent une certaine sincérité dans les propos d'Yvan Lequeux. Sa voix est assurée, posée et le couple ne montre aucun signe de nervosité. Ils ne montrent rien qui puisse laisser penser qu'ils ont quelque chose à se reprocher ou un lien quelconque avec cette histoire.

Le lieutenant prend le relais du capitaine.

– Bien sûr ! nous nous attendions à ce type de réaction de votre part, mais nous sommes en droit de penser qu'une vengeance serait possible dans pareilles circonstances, d'autant que Monsieur Debruyne reçoit des menaces par mail depuis plusieurs mois, annonciatrices du drame de Briançon, renvoie-t-il sèchement.

– Et donc, tout naturellement, vous pensez que cela pourrait venir de nous ? Je comprends. Compte tenu de ce qui s'est passé, nous sommes à vos yeux des coupables potentiels et c'est bien normal. Mais, vous savez, messieurs, ce n'est pas en nous vengeant que nous pourrions effacer notre chagrin. Nous sommes profondément croyants, ma femme et moi et serions incapables d'un tel acte. Nous pensons vraiment que ce qui est arrivé à Rémy, c'est la faute à pas de chance et que c'était écrit. Nous sommes certains que l'équipe qui l'a opéré a fait le maximum. Nous savions qu'il y avait un risque et nous l'assumons, tant bien que mal. Vivre sans Rémy est certes difficile, mais nous sommes convaincus, mon épouse et moi, qu'il repose en paix maintenant. Et puis, vous voyez, nous attendons un enfant pour la fin du mois d'octobre, répond calmement Yvan en se tournant vers sa femme, lui posant la main sur le ventre, d'un air attendri.

Le capitaine reprend la parole, immédiatement, refusant de se laisser endormir par cette belle litanie, mais sentant tout de même s'éloigner la piste sur laquelle il avait misé.

Il tente alors, en durcissant le ton, de déstabiliser le couple.

– Monsieur Lequeux, vous n'avez pas idée à quel point la vengeance peut devenir un moteur extrêmement puissant, dans ce genre de situation. Tous les signaux convergent vers l'hypothèse que vous avez un rapport avec cette affaire.

À ce moment précis, sans prévenir, il sort de son tiroir les deux photos prises par les familles des victimes, quelques semaines avant le meurtre. Il les plaque fermement sur le bureau, en face d'eux et leur demande de les observer en détail.

Clothilde ne comprend pas. Elle prend, comme par réflexe, la main de son mari qui, lui, ne se laisse pas intimider.

Ce geste donne encore plus de force au capitaine, qui insiste.

– Alors, il n'y a rien sur ces deux photos qui vous interpelle ? demande-t-il à nouveau.

Le couple se penche en une synchronisation quasi parfaite sur les photos, puis relève la tête. Tout leur semble normal. Selon eux, ces photos montrent ces deux familles heureuses et unies, et provoquent chez Clothilde une telle émotion qu'elle ne peut retenir une larme.

Yvan semble ne pas comprendre où les policiers veulent en venir, mais se doute bien qu'ils ont une suite à leur offrir.

Le capitaine et le lieutenant se jettent alors un regard furtif, manifestement satisfaits de l'effet provoqué par l'utilisation du « joker » photos.

Alain Cuvelier enchaîne :

– Sur chacune de ses photos, on peut observer un individu, en arrière-plan, qui semble être le même, en train de filmer ou photographier les deux familles. Comme s'il enquêtait sur eux. Une pièce complémentaire à son dossier, pourquoi pas, pour mieux préparer son crime ? Si je peux me permettre, vous n'êtes pas très observateurs. Ou alors avez-vous volontairement occulté cette partie des photos ?

Yvan se penche à nouveau sur les photos :

– Effectivement, maintenant que vous le dites. Mais, encore une fois, où voulez-vous en venir Capitaine ? Cherchez-vous un « coupable à tout prix ? » Manifestement, nous avons le profil, à vos yeux. Mais je vous redis que nous n'avons rien à voir avec ce cauchemar, s'agace Yvan.

– Monsieur Lequeux, qu'insinuez-vous par « coupable à tout prix » ? Nous sommes simplement à la recherche de la vérité et voulons justement éviter toute erreur. C'est pourquoi, chaque personne ayant un lien de près ou de loin avec cette affaire, reste, pour nous, un suspect tant que celle-ci n'est pas résolue, rétorque du tac au tac le capitaine.

Il fait ensuite un signe au lieutenant, qui se lève de sa chaise et se faufile dans la pièce située derrière le bureau.

Dans cette pièce, on peut trouver toutes sortes d'accessoires, confisqués au gré des arrestations et autres mises en examen.

Frédéric Desprez en sort avec un sweat-shirt bleu et des lunettes noires.

– Monsieur Lequeux, merci d'enfiler ce vêtement et de mettre ces lunettes, s'il vous plaît ? ordonne sans lui laisser le choix le lieutenant.

Sans sourciller, Yvan se lève et s'exécute.

– Merci de prendre exactement la même position que le photographe sur la photo.

Yvan Lequeux obéit sans discuter au gendarme.

En même temps qu'il prend la pose, Alain Cuvelier l'observe tout en faisant des aller-retours de la tête, entre lui et les photos.

La silhouette du photographe et celle d'Yvan n'ont rien à voir.

Yvan, est plutôt mince à l'allure sportive, le photographe laissant deviner un ventre arrondi et des cuisses bien moins affûtées.

Yvan voit tout de suite l'air déçu du capitaine et du lieutenant.

– Pensez-vous un instant que nous aurions pris le risque de mettre en péril l'avenir de notre futur enfant, en assassinant ces pauvres gens ? lance d'un ton compréhensif Yvan, face à la déception évidente des policiers.

Alain Cuvelier renonce à dire aux époux Lequeux la vérité sur le manquement lié à l'intervention chirurgicale qui a coûté la vie à leur petit garçon. Il ne veut pas briser leur croyance et assombrir de ce fait leur bonheur à venir fin octobre.

Une fois le couple libéré, le capitaine maugrée, d'un ton agacé :

– Merde ! C'est pas eux, j'en suis certain. Qu'en pensez-vous Lieutenant ?

– Je suis d'accord. Mais ne doit-on pas quand même saisir leurs ordis pour analyse, notamment des mails ?

– Non. Cependant, voyez avec vos gars qu'ils me localisent d'où partent les mails de menaces que reçoivent les Debruyne.

Une fois seul, Alain Cuvelier ferme sa porte, ordonnant qu'on ne le dérange pas. Il se dirige alors vers l'armoire métallique, ouvre l'un des battants et en sort une bouteille de Jack Daniel's. Il se sert un verre tout en s'affalant sur le fauteuil en cuir trônant à l'angle de son bureau. Cet interview l'a éprouvé. Il ne sait plus quelle piste suivre. Serait-il en train de perdre son instinct ? Soit les Lequeux sont de très bons acteurs, soit ils sont innocents. Il penche plutôt vers la seconde hypothèse.

Cette affaire devient de plus en plus complexe. Il était certain de tenir une piste sérieuse, qui malheureusement vient de lui glisser entre les doigts.

Il déteste cette sensation de vide, comme si chaque avancée s'effaçait d'un trait, laissant derrière elle une somme d'énergie et de frustration. Mon Dieu qu'il est difficile de résister à la tentation de la solution facile, évidente, que tout le monde croit. Ce qui le motive et à la fois l'épuise, dans son métier, est cette quête permanente de la vérité, celle que l'on ne voit pas et qui est évidente, celle dont la résolution, d'apparence trop simple, laisse la place au doute, et enfin, celle non trouvée, qui ne laisse derrière elle qu'amertume et regrets.

Il est là, assis sur son fauteuil, se repassant le film de cette enquête. Chaque gorgée de cet alcool l'apaise. Il ferme les yeux et s'endort, la tête reposant sur le dossier.

20

À la suite de l'appel d'Alain Cuvelier, Joss Giordano fulmine. Encore une fausse piste.

– Décidément, le commanditaire est malin et nous balade totalement, se dit-il.

Il tape violemment sur son bureau, ne comprenant pas ce qui lui échappe dans cette histoire. Il sent la pression monter. Les journalistes appellent régulièrement la gendarmerie pour obtenir des infos et France 2 en rajoute.

– Le parquet va finir par me dessaisir de l'affaire, se dit-il.

Il faut réagir et vite. Il prend son téléphone et malgré l'heure tardive, demande au lieutenant Vandame de le rejoindre sur le champ à la gendarmerie.

– Prévoyez un thermos de café. La nuit va être longue

Vingt minutes plus tard, Sylvain Vandame arrive au bureau.

– Alors Capitaine, des problèmes d'insomnie ? lui dit-il sous forme de boutade.

Joss Giordano lui lance un regard noir, qui fait tout de suite comprendre au lieutenant que l'heure n'est pas à la plaisanterie.

– Je veux que l'on retrace toute l'affaire depuis le début. On est en train de passer à côté de quelque chose. Je ne sais pas encore quoi, mais on va trouver.

Il se met en face du tableau Velléda blanc et note, par ordre d'apparition dans l'affaire les noms des différents protagonistes.

– Pierre et Maryline Delpré : La piste de l'Afrique du Sud semble incertaine et sans doute très complexe à suivre. Thabo Mathenjwa étant décédé, nous pouvons l'effacer du tableau.

Le mobile lié à la vengeance des Lequeux contre le Professeur Debruyne semble également compromis selon l'interrogatoire mené par nos collègues de Lille.

À ce moment précis, le téléphone de Joss Giordano se met à vibrer :

– Oui Cuvelier, je vous écoute.

– Nous venons d'identifier l'origine des mails de menaces envoyés à Matthieu Debruyne depuis plusieurs mois. Ils partent du PANORAMA CAFÉ, situé au 8 place du Général Eberlé à Briançon. Il y a de fortes chances que le commanditaire soit dans votre région. Nous avons croisé l'adresse IP du lieu avec les mails et ça colle, annonce le capitaine Lillois.

– Parfait. Merci pour l'info. Nous irons dès demain. Beau boulot Cuvelier. Je vous tiens au courant. Joss Giordano raccroche.

Il sent à nouveau que le vent tourne en sa faveur.

– Bon, on continue. Qui il nous reste ? Madame Dubois : La pauvre femme n'est certainement pas liée à cette affaire.

Il efface à son tour, son nom du tableau.

Il reste un nom, crevant l'écran. Joss Giordano planté devant, immobile, se demande comment il n'y a pas pensé. Il est là depuis le début. Personne ne l'a vu, personne ne s'y est intéressé. Et pourtant, sa proximité avec cette affaire est réelle.

Toute sa carrière, il a appris à être curieux, à explorer des pistes auxquelles personne ne pensait. Et là, il se retrouve face à une évidence, à laquelle il n'a prêté aucune attention.

—Comment a-t-on pu passer à côté ? dit-il à son lieutenant.

Les deux hommes se posent, une bière à la main et tentent de mettre de l'ordre dans leurs idées.

—Bon, on tient là une piste que j'estime sérieuse. Soyons pragmatiques. Quel mobile peut-il y avoir derrière tout ça ? Comment arriver à monter un stratagème aussi macabre ? Cette action morbide était certainement motivée par quelque chose d'important à la clef ? de l'argent ? Beaucoup d'argent ? Mais venant de qui ?

Le lieutenant reprend à son tour.

—Je pense, Capitaine, qu'il faut revoir dès demain matin Monsieur et Madame Delpré. Il y a forcément un lien entre eux.

—Vous avez raison. Appelez- les, maintenant.

21

Matthieu et Myrtille ayant été informés par le capitaine Cuvelier que les époux Lequeux ne sont certainement pas à l'origine des menaces reçues par mail, peinent à trouver le sommeil.

Matthieu en conclut alors que ce pauvre couple n'est pas informé de l'erreur médicale survenue lors de l'opération de leur fils. La gendarmerie n'a rien dû leur dire, pour les préserver, sans doute.

Mais qui peut bien envoyer ces mails alors ? et dans quel but ?

Les époux Debruyne sont totalement perdus, comme enveloppés dans un épais brouillard, sans le moindre repère et sans destination. L'absence de deuil de leurs enfants et petits-enfants, auquel s'ajoutent ces menaces non-identifiées, font qu'ils s'enfoncent un peu plus chaque jour dans un chagrin chargé d'angoisse et d'intranquillité.

Myrtille se réfugie plusieurs heures par jour dans ses albums où chaque photo s'anime à nouveau, lui permettant ainsi de revivre l'instant. Des moments si précieux, avec sa fille et ses petits-enfants ; elle y entend les rires et les discussions animées et se réinvente un monde pourtant à jamais disparu. Elle alimente ainsi une mélancolie malsaine, qu'elle imagine comme étant un bouclier provisoire la protégeant de la réalité.

Matthieu, lui, a abandonné toute lecture et toute activité en général. Lui qui pouvait passer des journées entières à lire, à s'informer. Passionné d'histoire et de science, il avait même publié des thèses en lien avec sa spécialité. Il est là, assis sur le canapé, l'air hagard et muet, devant le poste de télévision. Méconnaissable, il s'abandonne progressivement, se vidant de tout ce qui animait sa vie.

Ce couple vieillit en accéléré, se décompose chaque jour qui passe, rongé par la tristesse, vidé par l'absence. Quel que soit la vérité sur cette affaire, ils ne remonteront jamais cette pente, qui les attire inévitablement vers un abîme ultime.

Jacqueline Dubois est toujours à l'hôpital. Plus les jours passent et plus les visites se réduisent. Ses amies ne supportent pas de la voir se dégrader ainsi, elle qui rayonnait par sa classe et sa beauté. Son chagrin est contagieux et chaque rencontre affecte lourdement ses fidèles compagnes.

Chaque jour, elle demande à l'équipe soignante de l'aider à mourir, ne trouvant plus aucun intérêt à cette vie. Très croyante, elle est convaincue qu'elle retrouvera ses bien-aimés, dans la paix et la joie. Elle pourrait ainsi abandonner derrière elle ce cauchemar.

Ce matin, le ciel est d'un noir profond, annonciateur, sans aucun doute, d'une journée pluvieuse et triste.

—Puisque personne ne veut m'aider, tant pis ! Je vais le faire moi-même ! Pardonnez-moi, mon Dieu !

D'un geste décidé, elle attrape sur sa table de chevet, le verre qui s'y tient, le frappe d'un coup sec sur l'arête du meuble et s'entaille le poignet gauche avec le morceau tranchant restant. Alertée par le bruit du verre cassé, une infirmière se précipite dans la chambre et déclenche immédiatement l'alerte.

– Laissez-moi mourir ! hurle-t-elle, se débattant de tous ses membres. Je veux mourir ! Plus rien ne me retient sur cette terre. Je veux retrouver mon mari et mes enfants.

Une psychologue est dépêchée dans l'urgence.

– Madame Dubois, ce n'est pas la solution. Même si la situation que vous traversez est terrible, nous ne pouvons pas vous laisser faire. Les services de l'hôpital et moi-même sommes là pour vous aider.

– M'aider à quoi, hein ? Vous allez peut-être me ramener ma famille ? Laissez-moi mourir, enfin ! C'est mon droit.

Sur ordre du médecin de garde, l'infirmière lui administre un puissant sédatif.

– Vous retirez de sa chambre tout objet à risque : verre, couteaux et autres objets tranchants. Il faut que ses repas soient servis dans de la vaisselle à usage unique. De plus, je veux un passage dans la chambre tous les quarts d'heures pour vérifier que tout va bien, ordonne le médecin.

Dans un semi-coma, Jacqueline ajoute :

– Je peux vous écrire une lettre, si vous…Elle ne peut finir sa phrase et s'endort profondément.

22

– Bonsoir. Bienvenue dans le 20 heures de France 2. Nous sommes le mardi 30 juillet. Voici les titres de ce journal :

« La reine Clarisse perd sa couronne. La patronne du judo français, Clarisse Agbegnenou n'a pas décroché l'or. Mais elle se console avec la médaille de bronze. Nous serons en direct avec elle.

Elles ont enflammé le Grand Palais hier et offert deux médailles à l'escrime français : l'or pour Manon Apithi-Brunet et l'argent pour Sarah Balzer. Elles sont nos invitées et nous raconteront leur face à face.

Des fouilles ont débuté dans les Vosges pour tenter de retrouver le corps de Lina, disparue en septembre. Le conducteur présumé du véhicule, où des traces d'ADN de l'adolescente avaient été découvertes, s'est suicidé.
45 départements sont en alerte orange à la canicule dans une large moitié Sud, mais 12 départements sont également en alerte

aux orages et cela pourrait perturber le déroulement des épreuves olympiques.

Enfin, l'affaire de l'incendie du chalet proche de Briançon, qui, je vous le rappelle, a fait quatre morts, dont deux enfants : Nous venons d'apprendre que l'incendiaire a mis fin à ses jours, mais que le commanditaire de cet acte odieux court toujours. »

Devant son poste de télévision, Lucien monte sur la balance : 87 kilos. Il se sent mieux depuis qu'il a perdu du poids. Reprendre la course à pied, il y a environ 3 mois, a été difficile. Mais il ne pouvait repousser chaque fois les échéances en se trouvant des excuses pour ne pas chausser ses baskets.

Il fait moins chaud à cette heure-là. Une fois changé et ses chaussures enfilées, il se dirige vers la porte de la maison, gonflé à bloc, prêt à en découdre.

Il passe devant la maison de Martin, la voiture rouge toujours garée devant, les volets fermés. Il tourne la tête et se met à courir.

Deux kilomètres de bitume avant d'attaquer le sentier. Il a décidé de passer par le ravin de Chauvet et le torrent de Goutaud. Une fois remonté, il aura fait 12 kilomètres environ.

Il aime ce moment où les muscles, une fois chauffés, répondent parfaitement, grâce à la sécrétion de l'endomorphine, cette hormone du plaisir, avec pour effet de participer à l'inhibition de la douleur.

Cela lui donne le sentiment d'être inépuisable. Il y trouve là une grande jouissance.

Depuis toujours, Lucien vit seul, entre un quotidien rythmé par son travail très prenant et la charge indirecte de Martin, son voisin.

Il pense souvent à tout arrêter et partir, larguer les amarres, pour reconstruire une vie différente, ailleurs. Mais il n'en a jamais eu ni le courage ni les moyens. Pas aventurier pour un sou, il ne peut pas envisager de tout quitter si ses arrières ne sont pas sécurisés.

22h10 : le voici rentré chez lui, transpirant, mais content de sa sortie. Demain, dimanche, il se fera une plus petite sortie.

Après une bonne douche et un repas léger, il s'endort.

23

— Bonjour Monsieur et Madame Delpré. Merci d'avoir répondu à cette convocation, introduit Joss Giordano.

Les époux DELPRÉ ont les yeux cernés par l'inquiétude et la fatigue. Ils sont perdus, se sentent épuisés, repassant en boucle le film de cette histoire. Trop de questions sans réponse entraînent forcément des hypothèses et autres suppositions, qui finissent par miner les esprits.

— Comment peut-on vous aider, Capitaine ? dit aimablement Pierre.

— Connaissez-vous Lucien Faure ? Interroge le Capitaine.

— Lucien Faure ? Non, ce nom ne me dit rien. Et à toi chérie ?

— Lucien Faure, Lucien Faure ? Répète Maryline à voix haute.

Joss Giordano scrute attentivement le couple, espérant une réponse positive.

— Ah, oui ! S'exclame-t-elle. C'est l'infirmier qui est venu plusieurs fois pour te changer ton pansement à la suite de ton opération du pied. Tu te souviens ?

Effectivement, Pierre se souvient de l'infirmier.

– Bien, reprend le capitaine.

– Je vais maintenant faire appel à votre mémoire et vous demander de vous concentrer. C'est très important. Avez-vous eu des discussions particulières avec lui ? Vous souvenez-vous de certaines choses que vous lui auriez dites, qui l'intéressaient plus que d'autres, par exemple.

Pierre réfléchit plusieurs secondes, qui paraissent interminables pour les gendarmes.

– Ah oui ! je me souviens. Je lui ai dit que nous avions un chalet d'alpage dans les environs et à chaque fois qu'il venait, il me posait des questions sur le chalet, où il était situé, si on le louait…

– Et que lui avez-vous répondu ? Demande le capitaine.

– Il m'a dit qu'il s'était mis à courir. Je lui ai donc préconisé de faire un circuit passant par notre hameau, car c'est un chemin très agréable et aussi qu'on va le louer pour la première fois à des gens du Nord, cet été, répond Pierre.

– Lui avez-vous donné le nom des locataires et celui de la plateforme de location sur laquelle vous avez publié l'annonce ? reprend le lieutenant.

– Il me semble lui avoir dit leur nom, effectivement. Il a pas mal insisté, maintenant que j'y pense. C'est bizarre, vous ne trouvez pas ? S'étonne Pierre.

– Très bien. Merci pour ces informations, qui vont nous être précieuses. Il y a-t-il d'autres éléments dont vous vous souvenez ? Insiste Joss Giordano.

– Oui, se rappelle Myrtille. Il parlait souvent d'envie de changer de vie, partir en voyage, mais se plaignait tout le temps de ne pas en avoir les moyens.

Les deux gendarmes échangent un regard rapide, sentant cette fois, qu'ils sont sur la bonne piste.

– Merci d'être venus. Nous vous tiendrons informés de la suite. Bonne journée.

Pierre et Maryline quittent le poste, avec le sentiment d'avoir fait avancer les choses.

– Bon, il faut maintenant trouver le mobile. Il veut partir mais manque d'argent. Mais pourquoi tuer ces gens lui rapporterait de l'argent ? Se questionne Joss Giordano.

– Mais Capitaine, lui seul connaissait Martin Lagier et ses fragilités. Il savait parfaitement comment le manipuler. Donc, s'il l'a choisi pour exécuter la besogne, c'est qu'il y avait un intérêt. Il nous a dit s'être engagé auprès des parents de Martin Lagier, s'il leur arrivait quelque chose. Peut-être avait-il alors un intérêt à entraîner Martin dans ce massacre, sachant qu'il ne résisterait pas à la pression, vu son état et qu'il finirait par mettre fin à ses jours ? déroule Sylvain Vandame.

– Vous savez qu'un jour vous serez capitaine, Lieutenant ? lui répond son supérieur en souriant.
En tout cas votre raisonnement tient la route. Bravo. Dès demain matin, vous épluchez les comptes bancaires de l'infirmier et vous trouvez le notaire qui s'occupe des affaires de la famille Lagier. Je suis sûr que l'on va apprendre plein de choses, lui ordonne le capitaine.

Il est 23h15. Les deux hommes se séparent et rentrent chacun chez eux.

Joss Giordano vit seul depuis plusieurs années, sa femme l'ayant quitté. Sa vie professionnelle et l'énergie qu'il y consacre, ont eu raison de leur couple. Elle est partie avec sa fille, âgée de 8 ans au moment de la séparation, pour s'installer à Gap. Il parvient à la voir régulièrement.

Même si cette séparation a été douloureuse, il s'en accommode parfaitement maintenant. Plus libre, il peut se dévouer corps et âme à son travail et ses loisirs.

Grand sportif, il pratique la course à pied, l'escalade et le canyoning. Adepte de ces sports nature, il y consacre une grande partie de son temps personnel.

Sylvain Vandame revient à la gendarmerie dès 7h30, le lendemain matin, excité par l'enquête à mener. Il aime s'engager dans ce type de recherche, tirer un fil incertain qui l'amènera peut-être vers une révélation majeure, le rapprochant un peu plus de la résolution de l'affaire.

9 heures. Après avoir trouvé la banque dans laquelle Lucien Faure a un compte, il appelle le juge chargé de l'enquête et lui demande une autorisation immédiate pour pouvoir consulter ses comptes. Compte tenu du caractère urgent de la requête, le juge la lui délivre sous 20 minutes.

Il saute dans la voiture de service et se rend au CIC.

– Bonjour. Lieutenant Vandame de la Gendarmerie de Briançon, se présente-t-il à l'accueil. Puis-je voir la direction de l'agence, s'il vous plaît ?

Il est invité par la directrice à la suivre dans son bureau.

– En quoi puis-je vous être utile ? Demande-t-elle au lieutenant.

– Dans le cadre d'une enquête, j'ai besoin d'accéder aux comptes de Monsieur Faure Lucien, domicilié dans votre agence. Voici le mandat autorisé par le juge d'instruction.

La directrice change de bureau et s'assied devant un ordinateur. Après de brèves manipulations, elle affiche les relevés de compte de son client et invite le gendarme à en prendre connaissance.

Sylvain Vandame s'installe devant l'écran et commence à faire défiler les différentes opérations réalisées.

15 juillet - Retrait CB - 900,00 €

Exactement le même montant versé, en guise de commande la première fois à Martin.

Aucune autre trace de retrait d'espèces.

– Madame, Monsieur Faure a-t-il chez vous un autre compte, type livret d'épargne ou autre ? demanda-t-il à la directrice de l'agence.

Après vérification, elle ouvre la page d'accueil d'un livret A, ouvert il y a plusieurs années à ce nom. Un solde de 21 000 € s'affiche et seule une opération de retrait, en date du 24 juillet apparaît : 2 100,00 €.

Bingo, c'est lui, c'est sûr. La date et le montant restant dû correspondent parfaitement à la somme globale touchée par Martin Lagier.

De retour au bureau, Sylvain Vandame fait part du résultat de ses recherches au capitaine Giordano.

– Ok. L'étau se resserre. Cela n'explique pas pour autant la motivation de Lucien Faure dans cette histoire. Je sais qui est son notaire. Contactez-le et demandez-lui si les parents de Martin Lagier ont prévu un éventuel héritage en cas de disparition anticipée. Il faut également voir si Lucien Faure apparaît là-dedans. Peut-être en cas de décès de leur fils, par exemple. De mon côté, je vais voir le Juge d'instruction pour lui faire part de nos avancées. Inutile de vous dire qu'il faut investiguer le plus discrètement possible à ce stade de l'enquête.

Maître Delrieu, à la requête du lieutenant, interrompt une réunion interne à l'étude.

Après quelques minutes de recherche sur son ordinateur, il dévoile au gendarme les réponses à ses questions.

—Voilà, lieutenant. Martin, le fils Lagier, est le seul héritier de ses parents, à leur décès. Cela lui a permis de devenir propriétaire d'une maison située à Puy Saint Pierre, mais aussi bénéficiaire d'une assurance vie de 350 000 €. Mais il ne pouvait avoir accès à cette assurance vie qu'à la condition d'avoir besoin de financer un projet, qu'il soit immobilier ou autre. Pour la débloquer, il lui fallait l'autorisation motivée de la banque. Cette précaution a été prise par les parents, compte tenu de la fragilité psychologique de leur fils. C'était leur façon à eux de le protéger.

—Et y a-t-il quelque chose de prévu en cas de décès brutal de Martin Lagier ? Que devient alors cette assurance vie ?

—Il est clairement précisé, qu'en cas décès accidentel de leur fils, cette assurance vie reviendrait de droit à un certain…Il fouilla à nouveau dans l'acte…Faure Lucien, qui semble-t-il s'est beaucoup occupé de Martin, précisa le notaire.

A l'énonciation de ce nom, Sylvain Vandame exulte.

—Parfait, on tient le mobile. Maître, cette conversation doit rester entre nous. Vous apprendrez bientôt par la presse les raisons de mes demandes. Bonne journée.

Le gendarme se lève, salue Maître Delrieu et quitte rapidement l'étude.

Dans le véhicule de service, Sylvain Vandame hurle de joie.

—On le tient, putain…On le tient.

Arrivé à la gendarmerie, il fonce directement dans le bureau du capitaine, en rendez-vous avec l'un de ses collègues. D'instinct, Joss Giordano comprend qu'il faut écourter son entretien. Il demande à son subordonné de se retirer.

– On le tient, capitaine, c'est lui, sans aucun doute. Lucien Faure, en cas de décès accidentel de Martin Lagier hérite d'une assurance vie de 350 000 €. C'est clairement écrit dans un acte notarié. On a le mobile.

—Lieutenant, préparez un véhicule. Prenez quatre gars avec vous. On va lui rendre visite, à l'infirmier. Pas de gyrophares. Discrétion totale, ok ?

Les deux voitures quittent le parking en trombe. Vingt minutes plus tard, les voici proches du domicile de Lucien.

Les quatre gendarmes, accompagnés de leurs supérieurs, s'approchent de la porte d'entrée. Deux d'entre eux font le tour de la maison.

Ils sonnent. Pas de réponse. Frappent à la porte. Toujours pas de réponse.

Joss Giordano constate que le véhicule est garé dans le jardin.

—Peut-être est-il allé se balader ! Éloignez les véhicules et planquez-vous. On va l'attendre.

Une heure et demie plus tard, toujours personne. La nuit tombe. Une nuit d'un noir profond, comme un couvercle qui se referme, tamisant ainsi progressivement la lumière sur une journée pas comme les autres.

Cette journée, sera, il en est sûr, celle de la vérité. La vérité sur ce drame dont l'auteur se croit à l'abri de tout soupçon. C'est précisément dans ce cas-là qu'il est le plus vulnérable et ça, Joss Giordano le sait et compte bien en profiter.

–Bon, Messieurs. Si dans un quart d'heure il ne se présente pas, on enfonce la porte. Son véhicule est là. Donc, soit il est à pied, soit il a pris un Uber ou un taxi pour aller je ne sais où.

Ce quart d'heure semble interminable. Les gendarmes ont hâte d'en découdre avec l'infirmier.

–Ok, les gars ! On y va. Vous deux, enfoncez-moi cette porte.

L'un des deux gendarmes récupère dans le véhicule un bélier police, outil spécialement mis à la disposition des forces de l'ordre lorsqu'ils doivent entrer chez quelqu'un.

Deux coups puissants suffisent à faire céder les gonds.

–Police ! crie le capitaine.

Aucun bruit dans la maison.

–Faites le tour de toutes les pièces, sans oublier cave et grenier, s'il y en a.

Les gendarmes s'exécutent. Sans succès. Personne dans la maison.

–Bon dieu, il a dû se barrer. Il doit se sentir traqué.

À ce moment, l'un des gendarmes s'approche du capitaine et lui tend un catalogue de destination de vacances et un courriel imprimé, indiquant clairement la commande de plusieurs vols. Le premier de l'aéroport de Marseille Provence vers Paris Charles de Gaulle, puis une correspondance Paris Charles de Gaulle – Sydney et enfin, Sydney – Vanuatu, le tout en 43 heures.

–À quelle heure décolle le Marseille Paris ? Demande le capitaine.

–Ce soir 22h20, capitaine, et il est 21h05. Soit dans une heure et quart.

–Ok. Il faut l'intercepter avant l'embarquement. Appelez l'équipe de la police aux frontières de Marignane et demandez le commissaire Dureux. Priorité absolue. Dès que vous l'avez, vous me le passez.

–Allo, Jean-Marc ? C'est Joss, Joss Giordano.

–Oh, Joss ! Comment vas-tu ? Ça fait un bail dis donc.

– Écoute. Tu as entendu parler de l'incendie du Chalet, près de Briançon ?

–Bien sûr. Et ?

–J'ai de bonnes raisons de penser que le suspect est en route ou déjà arrivé à l'aéroport, pour prendre un vol à destination de Sydney, via Charles de Gaulle, qui décolle à 22h20. Je t'envoie son portrait. Coince-le et garde-le-moi bien au chaud. J'ai deux mots à lui dire. Et surtout, discrétion absolue. Il se croit à l'abri.

– Ok. Je mets tout de suite ma meilleure équipe d'intervention sur le coup. Je te rappelle dès que l'oiseau est en cage.

–Lieutenant, vous n'aviez rien de prévu ce soir ? Ça tombe bien. On file à Marseille.

–Pas de problème Capitaine. Laissez-moi juste prévenir ma femme.

–Vous l'appellerez dans la bagnole, lui répond le capitaine sans lui laisser le choix.

21h30, les deux hommes sautent dans le véhicule, destination l'aéroport. Heure d'arrivée indiquée par Waze : 23h56.

24

– Votre attention s'il vous plait. L'embarquement pour le vol AF 1856, à destination de Paris Charles de Gaulle va commencer dans 10 minutes en porte G. Merci de vous munir de vos billets et d'une pièce d'identité. Les passagers des rangs 25 à 31 embarqueront en premier.

Pendant ce temps, Le commissaire Dureux réunit son équipe et leur communique le portrait du suspect.

–A priori, il ne se doute de rien, mais restez vigilants. Se sentant coincé, il peut réagir violemment. A l'heure où je vous parle, il se trouve en salle d'embarquement, porte G, pour le Vol Marseille - Paris Charles de Gaulle.

Les quatre policiers sont habillés en civil pour ne pas éveiller les soupçons. Ils franchissent les zones de contrôle et arrivent dans le hall d'embarquement, séparément. La salle est bondée, comme à son habitude. Des femmes et des hommes d'affaires, des touristes, des enfants. Personne ne se doute de ce qui se joue en ce moment.

L'un des policiers repère un homme, accoudé près de la baie vitrée, en train d'observer la valse virevoltante des avions sur le tarmac.

Les va-et-vient permanents de ces engins hors norme, ont toujours étonné l'homme, se demandant souvent comment il est possible d'organiser tout ce trafic, sans provoquer le moindre accrochage.

Discrètement, le policier se rapproche de l'homme, se retourne, regarde à nouveau la photo transmise par son supérieur. C'est lui. Sans aucun doute. Il s'éloigne alors de l'individu, faisant mine d'aller se chercher quelque chose à boire.

–Suspect identifié. Je répète, suspect identifié et repéré. Il se tient contre la baie vitrée, côté piste. T-shirt blanc avec un palmier dessiné dans le dos.

–Reçu, répond le commissaire. Vous ne le lâchez pas des yeux et personne ne bouge tant que je ne suis pas là, Compris ?

5 minutes plus tard, le commissaire entre dans le hall.

–Je suis en place. À mon ordre, vous vous rapprochez lentement, l'air de rien, du suspect. Vous êtes prêt ? Go

Les cinq policiers se fondent dans la foule comme n'importe quel quidam. Arrivés à moins de dix mètres de l'homme, le commissaire capte le regard de chacun de ses hommes et ordonne :

–Maintenant !

En un seul homme, ils encerclent l'individu, lui interdisant ainsi toute fuite possible.

–Monsieur Faure ? Vous êtes bien Lucien Faure ?

Lucien est affolé, les yeux virant dans tous les sens, tel un animal entouré de chasseurs, en pleine battue. Il comprend immédiatement la situation et tente de percer le barrage humain mis en place par les policiers. L'un d'eux le ceinture violemment puis le cloue au sol, plaquage digne d'un rugbyman.

–Laissez-moi, crie Lucien, je n'ai rien fait…Laissez-moi !

Le commissaire s'approche lentement.

–Monsieur Faure, vous êtes en état d'arrestation pour homicide volontaire sur quatre personnes, dont deux enfants. Vous avez le droit d'appeler votre avocat.

23h40 : Joss Giordano et son adjoint arrivent enfin à l'aéroport, toutes sirènes hurlantes. Informés de l'arrestation par le commissaire, ils sautent de leur véhicule et se précipitent dans l'aérogare.

–Le bureau du commissaire aux frontières, Mademoiselle ?

Cinq minutes plus tard, les voici dans le bureau. Lucien, assis dans un fauteuil, leur tourne le dos.

–Alors, Monsieur Faure, des envies soudaines de vacances ? Lui lance le capitaine en guise d'introduction. Nous aimerions vous entendre sur l'affaire du chalet du hameau de la Redonne. Vous voyez de quoi je parle, n'est-ce pas ?

– De quoi me parlez-vous ? C'est quoi ce chalet ? Essaye sans conviction le suspect.

– Vous savez ? Celui que votre voisin, Martin Lagier a incendié. Nous avons de bonnes raisons de croire que vous y êtes pour quelque chose, tente le capitaine.

– Quoi ! Mais, ça ne va pas non ? Je n'y suis pour rien, moi.

Lucien est très agité. Il gesticule sur son fauteuil, se plaint que les menottes sont trop serrées et lui font mal.

—Vous savez, Monsieur Faure, ce que vous avez fait là est tout simplement odieux. Dites-nous ce qui s'est passé, comment vous en êtes arrivé là. Quelles sont les sombres raisons qui vous ont amené à tuer cette famille, qui ne demandait rien à personne, qui voulait juste passer des vacances à la montagne ?

L'accusé baisse la tête, incapable de regarder dans les yeux le gendarme. Il faut dire que Joss Giordano le fusille du regard comme un animal ne voulant pas lâcher sa proie.

Les secondes s'égrènent sans que le moindre mot ne sorte de la bouche de Lucien.

—Vous nous dites tout ou on le fait nous, Monsieur Faure. On vous parle de votre lien avec la famille Lagier, on vous parle de l'intérêt que vous aviez à ce que Martin meure accidentellement, on vous parle de l'acte notarié, signé chez Maître Delrieu, où votre nom apparaît, assène le capitaine.

À chaque mot, Lucien s'enfonce un peu plus dans son fauteuil. Il se met à gratter nerveusement l'accoudoir, transpirant à grosse goutte. L'étau est en train de se resserrer et il le sait.

—Stop, arrêtez. S'il vous plaît, arrêtez ! Supplie-t-il en pleurant.

—Nous vous écoutons, réplique le lieutenant.

Le commissaire, d'un geste du doigt, fait comprendre à l'un de ses coéquipiers de démarrer l'enregistrement.

D'une voix entrecoupée de sanglots, Lucien prend la parole.

—Je travaille plus de dix heures par jour, depuis des années, tout ça pour gagner une misère. Je n'ai personne autour de moi, pas de famille, pas de femme, pas d'enfant. Ma vie est un désert affectif. Lorsque je suis arrivé à Puy Saint Pierre, les parents de Martin m'ont tout de suite accueilli. Nous avons rapidement tissé des liens d'amitié. Il faut dire que dès mon arrivée je les ai aidés à gérer Martin. Ils étaient au bout du rouleau. Petit à petit, je me suis trouvé avec eux comme avec une famille et nos relations étaient telles qu'ils me confiaient tout, sans tabou ni retenue. C'est ainsi que j'ai appris, au hasard d'une de nos nombreuses conversations, l'existence d'une assurance vie plutôt confortable. Au début je n'y ai pas prêté plus d'attention que ça, mais plus les mois et les années passaient, plus j'étais en souffrance dans ma vie personnelle et mon travail. C'est alors qu'a mûri progressivement l'idée de réfléchir à la façon dont je pouvais en devenir le bénéficiaire.

Il marque un temps et demande un verre d'eau. Après une longue inspiration, il reprend :

–Je sais, c'est horrible. Mais je n'en pouvais plus. Je savais que Martin était l'héritier direct, mais qu'en cas de décès accidentel, l'héritage me revenait de droit. Je savais qu'il fallait taper fort pour que Martin ne puisse supporter ce sentiment de culpabilité et ainsi mette fin à ses jours.

— Comment en êtes-vous arrivé à ce chalet et cette pauvre famille ? interroge le capitaine.

Lucien explique aux gendarmes comment il a construit son plan. Comment il a réussi à obtenir des informations par le couple Delpré, la location du chalet à la famille Debruyne, l'erreur médicale probable du professeur lors de l'opération du petit Rémy. Le mobile de la vengeance de la part de ses parents était parfait. Ils seraient forcément suspectés.

Mais c'était sans compter sur la situation du couple Lequeux, attendant un enfant, la ténacité du juge et du capitaine Giordano.

—Monsieur Faure, vous allez maintenant être déféré devant le juge d'instruction. Vous êtes dès aujourd'hui placé en détention provisoire. Vous êtes conscient que vous allez être condamné à une peine exemplaire ? sans doute l'emprisonnement à perpétuité, lui dit calmement le capitaine.

A ces mots, Lucien s'effondre, la tête dans les mains, prenant conscience soudainement de ce qu'il a fait et de la sanction qu'il va falloir assumer.

Il demande pardon tout haut aux parents des victimes, aux parents de Martin, au couple Delpré.

Les gendarmes l'observent, sans émotion et sans pitié, gardant en eux, sans doute à jamais, les images d'horreur découvertes sur la scène du crime.

Épilogue

Les deux gendarmes briançonnais reprennent la route, la satisfaction du devoir accompli en tête.

Joss Giordano laisse le volant au lieutenant Vandame. Il ressent une grande fatigue. Sans doute le début de la décompression. Comme à chaque enquête, il a l'impression de retenir sa respiration jusqu'au dénouement. Comme s'il remontait d'une longue plongée en apnée. Il se promet de prendre des vacances.

Il allume la radio, sur France Info :

– Il est 1h00. Bonsoir à tous. Voici les titres de l'actualité de ce vendredi :

« A la une ce soir, Teddy Riner en or. Le grand frisson dans toute la France, pour une légende. Troisième titre de champion olympique, individuel, ici à Paris. Il est allé au bout de son immense défi. Il sera avec nous dans quelques minutes.

D'autres médailles ce vendredi : Le bronze pour Romane Dico en judo, idem pour le saut d'obstacle par équipe et pour l'équipe de France de voile. Nous irons à Marseille.

Si vous avez raté la grande soirée natation : Au programme, Florent Manaudou sur 50 mètres nage libre et Léon Marchand, en quête d'une quatrième médaille d'or.

Dans le reste de l'actualité, ces violents orages qui ont frappé l'Ile de France, les Vosges mais aussi la Meurthe-et-Moselle la nuit dernière.

Enfin, grande émotion dans le briançonnais : Nous apprenons à l'instant que le commanditaire de l'incendie du chalet du hameau de la Redonne a été arrêté in extrémis avant qu'il ne quitte le territoire, par la police de frontières et la gendarmerie de Briançon, à l'aéroport de Marseille- Provence. Cette enquête complexe a été bouclée en un temps record grâce à l'efficacité et la ténacité du capitaine Giordano et son équipe, de la gendarmerie de Briançon. Nous écouterons le procureur de la république au micro de Victor Legrand, notre correspondant à Briançon. »

Le capitaine bascule son fauteuil en arrière et s'abandonne dans un sommeil profond et serein.

Témoin insoupçonné de la folie humaine, un couple de Circaètes tourne autour de la ruine noircie. De leurs ailes déployées, ils semblent vouloir protéger d'un bouclier invisible les âmes qui, ici, survivront à jamais.

FIN

- Remerciements -

L'écriture me donne la sensation de partir en voyage, à la découverte d'un monde qui m'est inconnu, d'ouvrir des portes sans savoir ce qu'il y a derrière, de me fondre dans la personnalité d'un des protagonistes. Cette sensation est enivrante, presque incontrôlable et j'aime ça.

L'écriture de ce premier roman a pu se faire grâce aux encouragements de mon entourage et en particulier grâce à ma femme Claire et mes enfants Nicolas, Tom, Cécile Jules et Maxime. Merci pour leur soutien, leurs relectures, leurs critiques et leurs corrections. Merci à ces quelques amis qui ont pu lire la version 1, pour leurs retours constructifs qui m'ont permis d'avancer.

Un merci particulier à Maxime pour avoir imaginé et dessiné ce Circaète, dont le vol stationnaire dit de « saint esprit » offre un sentiment d'observation, de réflexion et de protection.

Votre avis m'intéresse...

N'hésitez pas à m'adresser vos remarques, critiques et suggestions à l'adresse électronique suivante :

guerin2712@gmail.com

Printed by Amazon Italia Logistica S.r.l.
Torrazza Piemonte (TO), Italy

67522085R00090